أرض المنفى

نور زاهر

This is a work of fiction. Similarities to real people, places, or events are entirely coincidental.

أرض المنفى

First edition. October 14, 2024.

Written by نور زاهر.

إهداء

إلى من علمني أن الحياة ليست مجرد ورقة في كتاب، بل أنت من تحدد صفحاتك، وتقرر مصيرك، ولا يوجد هناك يأس في هذه الحياة، إلى الكاتب محمد عصام، وصديقة الدرب رحاب أحمد.

المقدمة

ليس كل ما نراه حقيقة، لكن نواجه في هذا الزمان أشياءً غير متوقعة يصعب على العقول استيعابها، لكن عليك مواجهة حقيقتك، وهذا ما فعله أحمد.

اعذرني يا صديقي القارئ لكن فعلت أكثر من مقدمة لم أجد أقصر من هذه، إذا أردت معرفة الحكاية، اقلب الصفحات، وإذا لم تحب قراءتها، عندها إذًا اقلب الصفحات أيضًا ربما تعجبك.

أولًا أنا أحمد كمال، في العشرين من عمري، طالب في كلية الطب جامعة القاهرة، بلدي تسمى المنشية تابعة لمحافظة البحيرة، اليوم هو أول يوم في تحقيق حلم أبي، أول يوم في كلية الطب، بداية جديدة إلى المستقبل.

بعدها جلس يفكر أنه طوال الدراسة السابقة لم يكن له أصدقاء، ويتذكر تنمر زملائه الدائم، ويجلس بجانب النافذة يتذكر أول يوم دراسة في الابتدائية، كان والده يمسك يده إلى المدرسة، ويجلس ينتظره خارج المدرسة حتى انتهاء الدوام، وكان أصدقاؤه يدعونه بالجبان، ويتذكر الإعدادية والثانوية نفس الشيء، ثم يقطع شروده صوت طرقات الباب، وحين قام برد وجد أباه يوقظه من أجل الجامعة، كان من يوقظه كل يوم، ويهتم بكل شيء في المنزل بعد وفاة والدته عند ولادته، لكن خوف والده الزائد كان يجعله يشعر أنه مختلف عن باقي زملائه، يتذكر تحمُّله لنظرات الناس إليه، وسخريتهم منه حين كان يذهب لأي مكان وكان والده يمسك بيده مثل الطفل الصغير، وظل هكذا حتى اليوم.

قال الأب:

_يلا يا حبيبي عشان متتأخرش.

رد أحمد:

_حاضر يا بابا خلاص أنا بلبس اهو.

حتى خرج من غرفته:

_صباح الخير يا بابا.

رد الأب:

_صباح الخير يا حبيبي، أخيرًا يا أحمد حلمي بدأ يتحقق، أنا فخور بيك يا ابني.

ثم تنهد الأب وتابع:

_يلا يا حبيبي أنا جاهز.

ثم ذهب الأب تجاه باب البيت للذهاب، لكن أحمد لم يتحرك، ثم قال الأب:

_يلا هنتأخر نسيت حاجة ولا أيه؟

ثم جاوبه بصوتٍ منخفض وهو مخفض الرأس:

_كفاية.

لم يسمعه جيدًا فسأله:

_أنت بتقول حاجة يا ابني؟

أجابه وهو يرفع رأسه:

_أه بقول هروح لوحدي، أنا كبرت أوي يا بابا.

ذهب إليه والده ووضع يديه على رأسه وقال في قلق:

_مالك يا حبيبي أنت كويس؟

ثم نفض يده وبدأ يرفع صوته:

ـكل ما أقولك حاجة تقول أنت كويس، لا مش كويس، طول عمري بقولك حاضر يا بابا، خلتني بخاف من كل حاجة، خلتني معرفش أعمل حاجة لوحدي، كل الناس عارفين أني جبان، وللأسف أنا بدأت أحس فعلًا أني جبان.

قاطع الأب كلامه :

ـلكن أنا بعمل كدا عشان خايف عليك يا حبيبي.

فقال أحمد وهو يضحك بهستيريا:

ـمن أيه؟ كفايه كدا يا بابا، أنا كبرت ولازم أتحمل مسئولية نفسي.

بعدها ذهب أحمد مسرعًا ولا ينظر خلفه، ثم وقف خلف حائط ينظر إلى والده، كان يقف حزينًا بجوار المنزل، ثم يتمتم إلى نفسه:

ـأنا آسف يا بابا.

***

ثم بدأ يتجه إلى الجامعة، ينظر إلى السماء وكأنه طيرًا في قفص قد خرج إلى حريته، وصل أخيرًا أمام باب الجامعة، ويتخيل أنه يتخرج الأول مثل الأعوام السابقة، ثم يقطع شروده صوت سيارة من خلفه:

ـالطريق يا مجنون.

ثم ابتعد عن الطريق ينظر إلى من يوجد داخل السيارة، كان شابًا وبجانبه فتاة يرتديان ملابس ثمينة على الموضة، بعدها دخل إلى الجامعة ينظر إلى زملائه وهم ينظرون إليه، ويضحكون من ملابسه التى كانت قميصًا أبيض اللون، وبنطالًا واسعًا، وتيشرتًا صوفًا، وشعره الطويل يصففه على الجهة اليمنى، ويُدخل القميص داخل البنطال، كان يبدو عليه مختلف عن بقية زملائه.

ويكن الأب يجلس في المنزل حزينًا جدًا ويبكي، ثم ينتفض من مكانه وكأنه تذكر شيئًا ما:

_أنا لازم أروح الكلية حالًا.

كان أحمد يتمشى في الجامعة، ثم يقع نظره على فتاة من بعيد، حتى شرد بخياله ولم يعد يلاحظ الطريق، حتى يراها تأتي في اتجاهه ويبدأ يرتبك، والتفت إلى الجهة الأخرى حتى أتت أمامه، وتضع يديها على كتفه وتقول:

_لو سمحت ممكن تساعدني؟

نظر إليها في ارتباك وقال:

_أنا؟

أجابته:

_أه أنت.

رد :

_تحت أمرك أقدر أساعدك في أيه؟

ثم تقترب منه وتهمس إليه وتقول:

_ممكن تبقى حبيبي؟

نظر إليها ولا يصدق ما تقول، ثم يقول في ارتباك:

_قولي كدا تاني أنتِ بتقولي أيه.

حتى يعيد النظر يرى شاب يقول:

_بقولك فين الحمام؟

ثم ينظر إليه، وينظر إلى الفتاة يراها تقف مع زملائها وهو كان يتخيل، بدأ يضحك بهستيريا بعدها قرر الشاب سؤاله:

_ يا ابني بتضحك ليه بقولك الحمام فين؟

ثم ابتسم أحمد وقال:

_ تعالى نسأل أنا وأنت.

ضحكوا كلاهما وبدأوا في التعارف:

_ أنا عمر، ومد يده ليصافحه

رد عليه:

_ أنا أحمد كمال اتشرفت بيك.

ثم قال عمر :

_ وأنا كمان أكيد اتشرفت بيك، أكيد هنكون أصحاب، وكان يركض
إلى الحمام وأحمد يضحك.   ***

ثم يُعيد النظر إلى تلك الفتاة، ويتمتم مع نفسه:

_ لم أر مثل هذا الجمال من قبل، يا لها من جميلة تخطف الأنظار!

ثم يمسك رأسه من ألمٍ ، ويسقط على الأرض، ويصرخ بأعلى صوته.

لكن كل من في الجامعة ينظرون إليه ضاحكون:

_ مهرج.

عندها تقترب منه تلك الفتاة الجميلة وتضع يدها على كتفه وتقول:

_ أنت كويس؟ تحب أطلب الإسعاف؟

نظر إليها وكأنها علاجه، لم يعد يشعر بأي ألم، كررت السؤال:

_أنت كويس؟

ابتسم وقال:

اه أنا كويس.

بدأ يتمالك نفسه، ثم قالت:

_اتفضل معايا في الكافتيريا تشرب حاجة واطمن عليك، ده لو حبيت؟

أجابها في لهفة:

_أكيد طبعًا هاجي معاكِ.

وصل إلى الكافتيريا وكان ينظر إليها طوال الطريق ويتأمل في جمالها الفتان؛ شعرها الأسود مثل عتمة الليل، عينها العسليتين، لون بشرتها الخمري، يا لها من ساحرة بذلك الجمال!، بدأ التعارف عليها وكأنه أول مرة يتحدث مع أحد بتلك الجدية.

_أنت كويس دلوقتي؟

أجابها:

_أه الحمد لله، أنا متعود دي نوبة بتجيلي من صغري يعني اتعودت.

ثم أخذ زفيرًا وأكمل:

_أنا أحمد كمال طالب في كلية الطب، سنة أولى.

بدأ يتمتم بصوت غير مسموع:

_يارب تكون هي كمان سنة أولى.

سألته في تعجب:

_أنت بتقول حاجة؟

أجابها:

لا، أه، أقصد أنتِ معايا في الجامعة، قصدي معايا في الكلية؟

ابتسمت وقالت:

_ أنا اسمي نجمة.

ثم بدأت تهمس إليه:

_ أنا معك سنة بسنة من يوم ميلادك.

نظر إليها في دهشة، وقبل أن يسأل يسمع صوت والده يناديه من الخلف، ثم يذهب إليه:

_ أحمد أنت كويس إحنا أزاي ننسى حاجة زي دي؟

أجابه:

_ أنا كويس يا بابا، ثواني أشوف زميلتي وراجع.

لكن ينظر إلى الطاولة لا يوجد عليها أحد، يلتفت يمينًا ويسارًا لكن لم يجدها، ثم يبتسم ويقول:

_ أكيد هنتقابل تاني.

ذهبوا إلى المنزل ولا يزال يتذكر كل شيء حدث طوال اليوم، ويتذكر كم كانت في منتهى الجمال، كأنها نجمة في ليلةٍ ليس بها قمر ولا نجوم، وهي من تضيء السماء بجمالها الفتان، يقطع أفكاره صوت والده:

_ إحنا أزاي ننسى حاجة زي دي؟ النوبة بتجيلك يوم واحد في السنة إحنا إزاي ننسى؟ بس الحمد لله لحقتك قبل ما تجيلك، بس غريبة طوّلت جدًا المرادي.

أجابه:

_لكن النوبة جت فى ميعادها، بس حصل حاجة غريبة جدًا.

اندهش الأب وسأله فى قلق:

_حصل أيه؟ أنت كويس؟

صمت أحمد ثم تحدث محاولًا أن يجعل الحديث مزحه:

_ولا حاجة شكل الدكتور الجديد كويس، جت خفيفة مش زي كل مرة، أنا خلاص عرفت علاجها.

ويبتسم عندما يتذكر نجمة وكأنها هي علاجه.

دخل إلى غرفته وأخرج كتاب مذكراته، وبدأ ينظر إليه ويفتح صفحاته، لكن كان فارغًا لا يوجد به سوى كلمتين (أنا وأبي)، بدأ في قلب الصفحات ويكتب (لم يكن هناك شيء في تلك الأيام السابقة يستحق أن أدونه، لكن اليوم هو أول يوم في هذه الحياة بنسبة لي، رأيتها مثلما كنت أراها في خيالي وأحلامي دائمًا، مثل سماءٍ صافية لا يوجد بها نجوم، مثل ليلٍ معتم لا أرى به شيء؛ أتت بنورها وأضاءت سمائي، وأخرجتني من عتمتي، أجمل نجمة رأيتها طوال حياتي)

وبدأ يكتب عدة أسئلة:

_هل سنلتقي مجدًدا؟

_ هل سيكون بيننا الكثير من السطور؟ أم البداية هي النهاية؟

وكتب بين قوسين:

(أنا معاك سنة بسنة من يوم ميلادك)

بدأ ينظر إلى السماء ثم تأتي غيمة تخفي كل النجوم ما عدا نجمة واحدة، ينظر إليها ويبتسم ويقول:

_نجمة

في صباح اليوم التالي:

كان أحمد سعيدًا جدًا، وكأنه كان ينتظر أن يمضي الليل في أسرع وقت، وبدأ يرتدي ملابسه ويخلع، ولا يدري ما قد يناسبه، حتى قاطعه دخول والده إلى الغرفة:

أيه يا حبيبي شايفك متشجع جدًا للكلية، مش تقولي برضو حصل أيه أمبارح؟

فأجابه:

_ولا حاجة يا بابا، أنا متأخر لما أرجع نتكلم سلام.

فقال الأب:

_برضو هتمشي اللي في دماغك.

فأجابه:

احنا اتكلمنا في الموضوع ده يلا سلام.

ثم خرج خلفه يقف بجوار المنزل وصاح إليه:

_طب خلي بالك من نفسك يا ابني.

أجابه وهو يغادر:

_حاضر.

بدأ يتمتم له بدعاء أن يحفظه الله من كل شر، ويدعو ربه أن يعود به سالمًا.

وصل إلى الجامعة، وكان يبحث عنها في كل مكان، لكن لم يجدها، بدأ يفكر أين هي الآن، ثم ينتفض من مكانه عندما لمس أحد كتفه وتقول:

_أنت بتدور عليا؟

فأجابها في ارتباك:

_نجمة، لا أنا كنت مستني صحابي بس.

أجابته:

_امم صحابك ماشي، أنا همشي عشان متأخرش.

فأسرع وقف أمامها قبل أن تذهب:

_أستني أستني، أنا بصراحة كنت بدور عليكِ.

أجابته بابتسامة غامضة:

_أه ما أنا عارفة.

ثم ابتسم خجلًا:

_طيب ممكن بعد المحاضرة نشرب حاجة في الكافتيريا؟

أجابته وهي تغادر:

_أفكر باي.

بعدها ذهب إلى الكافتيريا في الميعاد المحدد، وينظر إليها تتقدم في بطءٍ شديدٍ، وهو يتأمل في جمالها، ولا يبعد نظره حتى أتت أمامه، ولوحت بيديها على وجهه:

_أيه يا ابني أنت لسه تعبان؟

ثم أجابها في هيام:

_آسف لكن جمالك لا يُصدق.

ضحكت خجلًا ووجهها بدأ بالاحمرار:

_أعتبر دي مجاملة يعني؟

أجابها:

_لا والله أنا مبعرفش أجامل أنتِ فعلًا جميلة.

كان ينظر إليها ولا يتحدث، وهي نفس الشيء حتى مر الوقت، ثم تحدثت الفتاة:

_طيب أنا تأخرت همشي أنا بقى.

ثم وقف بسرعة وهي تغادر وقال:

_طيب هنتقابل تاني؟

ابتسمت وهي تحمل أغراضها للانصراف:

_أكيد هنشوف بعض كتير، سلام يا عم الساكت.

ينظر إليها وهي تذهب ويلوح بيده ويقول:

_سلام، وظل شارد حتى أتى عمر ولوح على وجهه:

_أيه يا ابني سرحان في أيه؟

رد وهو شارد:

_شوفتها أد أيه جميلة؟

نظر إليه وهو هايم وقال:

_مين دي يا عم الرومانسي؟

رد في ارتباك:

_ لا أنا بهزر، وبدأ يضحكان كليهما.

بعدها ذهب إلى المنزل مسرعًا إلى غرفته، وكأنه يريد إخبار أحد بما حدث ولا يطيق الانتظار، ويُخرج كتاب مذكراته، وبدأ يدوّن كل ما حدث اليوم، ثم بدأ ينظر إلى سقف الغرفة، ويتذكر كل شيء حدث طوال عمره حتى الآن، ثم يُعيد النظر إلى الكتاب، لكن كان آخر صفحاته، وبدأ يكتب (مر سبع سنوات وأنا ألتقي بذلك الوجه الملائكي كل يوم، ولم أعترف بحبي لها حتى الآن، فضلت أنا أحبك فى نبع خيالي، لكن اليوم هو آخر صفحات كتابي، وسوف تكون نهاية قصتنا؛ لنبدأ حياة جديدة، اليوم سأعترف إليكِ أنكِ مَن ملكت قلبي وسكنت روحي، نهاية من صديقة إلى زوجة وحبيبة).

في صباح اليوم التالي:

صباح الخير يا حج كمال.

رد الأب:

صباح الخير يا حبيبي، أخيرًا يا أحمد فات سبع سنين وهعيش لمّا اشوفك دكتور.

ذهب إليه وأمسك يده وقبّلها:

_ بعد الشر عليك يا غالي ربنا يديك طولت العمر.

رد:

_أنا فخور بيك يا ابني، قلبي وربي راضيين عنك.

أجابه:

كله من فضلك ودعاك ليا، ربنا يخليك ليا يا أحن قلب في الدنيا.

صمت قليلًا ثم تحدث وهو يمسح دموعه:

_ خلاص بقى يا حج كمال دا أنا عندي ليك مفاجأة هتفرحك جدًا.

سأله الأب في فضول:

_ مفاجأة أيه؟

فأجابه:

_ أنا هروح الجامعة دلوقتي، ولما أرجع هحكيلك كل حاجة، أمال مفاجأة أزاي؟

ثم ضحك الأب وقال:

_ قول دلوقتي ولما ترجع هتفاجئ.

ضحك أحمد ساخرًا:

_ يا سلام، جهز نفسك بس لما أرجع هحكيلك كل حاجة.

سأله الأب:

_ صحيح أنت راجع مش خلاص اتخرجت، راجع الجامعة ليه تاني؟

فأجاب:

_ النهارده آخر يوم، بنودع بعض وعاملين حفلة صغيرة، يلا أنا مش متأخر، سلام يا بابا.

وخرج من المنزل، وكان والده ينظر إليه وهو يغادر ويقول:

_ سلام يا حبيبي.

وصل إلى الجامعة ينتظر أن يراها، ثم ينظر إليها تتقدم من بعيد وكأنه يراها للمرة الأولى، عينيها اللامعتين، شعرها الطويل الذي يتطاير خلفها، جمالها يخطف الأنظار، لكن هى لم تخطف نظري فقط، تلك الفتاة الوحيدة من خطفت قلبي ولم تر عيني غيرها من بين بنات العالم، والغريب عندما أتذكرها تأتي أمامي وكأنها قارئة أفكار.

ثم ذهب وتحدث معها:

_ نجمة أزيك، بقولك أنا كنت عاوز أتكلم معاكِ في حاجة مهمة.

أجابته:

_ أكيد طبعًا، في أيه؟

ذهبوا إلى الكافيتريا كالمعتاد، وبدأ أحمد في الحديث:

_ نجمة، كنت عاوز أقولك من يوم ما عرفتك وأنا حياتي اتغيرت، بقالنا سبع سنين نعرف بعض مش بشوفك غير هنا، وخلاص احنا خلصنا دراسة عشان كدا..

سألته فى تعجب:

_ عشان كدا أيه؟

أخذ زفيرًا وأكمل:

_ أنا بحبك وعاوز أكمل معاكِ حياتي، تتجوزيني؟

لكن كان ردها غير متوقع:

_ أزاي ده حصل؟ لا مستحيل مينفعش.

وبدأت تركض من أمامه وهو يحاول الإلحاق بها:

_ نجمة أستني أيه اللي مينفعش؟

حتى وصل وسط الجامعة بعد ركض طويل، يتوقف يلتقط أنفاسه، وينظر يمينًا ويسارًا لكن اختفت تمامًا، نظر إلى السماء كانت الشمس شبه حارقة، وفجأة يسقط على الأرض فاقدًا الوعي، وعندما يفتح عينيه يكون في غرفته ويصرخ:

_ نجمة، أنا أيه اللي جابني هنا؟

ذهب إليه والده مسرعًا:

_ اهدى متخافش يا حبيبي أنا جنبك، أنت تعبت شوية وأصحابك كلموني وجبناك على البيت.

فقال:

_ أنا لازم أروح الجامعة حالًا يا بابا.

نظر الأب إلى الساعة كانت العاشرة مساءًا:

_ الساعة عشرة يا ابني، وبعدين الدراسة خلصت مش هتلاقي حد هناك.

رد:

_ لكن أنا لازم أروح.

قال:

_ خلاص يا حبيبي بكرة إن شاء الله، ارتاح أنت دلوقتي.

وتركه والده لكن لم ينم طوال الليل، ويفكر في رد فعلها غير المتوقع، ويوجد لديه الكثير من الأسئلة ليس لها إجابات، وذهب عند النافذة وينظر إلى تلك النجمة وبدأ يسألها: لماذا فعلتي هذا؟ وأغمض عينيه.

بدأ يتذكر بعض الأحداث بينهم، إنه كان يشعر بأنها تحبه مثله تمامًا، ويتذكر عندما كانوا في الجامعة ذات مرة وكانت تجلس بجواره، وعندها همست له أنها تريد البقاء دائمًا بجانبه، وظل يتذكر الكثير من الأحاديث بينهم، وعندما كان عيد ميلادها وأحضر لها هدية، ويومها كانت سعيدة جدًا، طلب منها عنوان المنزل لكن الغريب أنها رفضت، وألقت الهدية في وجهه واختفت أكثر من شهر، وعندما ظهرت مرة أخرى اعتذر منها وقال إنه لن يطلبه منها أبدًا، وظل هكذا طوال الليل، يفكر في كل شيء حدث بينهم، ولا يفهم لماذا فعلت هذا، بدأ يسأل نفسه: لماذا من أحببتهم أكثر من نفسي يردوه لي ألمًا يكاد أن يمزق قلبي من مكانه؟

في صباح اليوم التالي:

ذهب مسرعًا إلى الجامعة يبحث عنها في كل مكان، لكن انتهت الدراسة لا يوجد أحد، ولا يعرف عنها أي شيء سوى أنها كانت طالبة في كلية الطب، ثم خطر له أن يسأل في شئون الطلاب، وكان على أمل أن يجد أي عنوان لها، وهناك تفاجأ من رد من يعمل هناك:

_ مفيش حد في الجامعة كلها بالاسم ده.

كان في صدمة، ثم صرخ بوجهه:

_ أنت بتقول أيه أنت أكيد مجنون، بقولك نجمة كانت معايا في كلية الطب، هي اللي قالتلك تقول كدا.

وبدأ يتشاجر معه، وكان أحمد على وشك ضربه على دخول والده يمسك يده:

_ اهدى يا ابني، آسف ابني تعبان شوية، آسف مرة تانية بالنيابة عن ابني، يلا يا أحمد.

صمت أحمد قليلًا ثم نظر إليه:

_ صدقني يا بابا ده أكيد بيكذب، نجمة موجودة، يمكن تكون طلبت منه يقول كدا.

قال الأب:

_ نجمة مين يا ابني؟

ثم قال أحمد:

_ لو مش مصدقني تعالى معايا الكافتيريا وأنت تتأكد أن نجمة موجودة.

ثم ذهبوا إلى الكافتيريا ينظر يمينًا ويسارًا، يرى الجرسون ويركض إليه:

_ محمد أزيك، هى نجمة جت هنا النهاردة؟

فأجابه في تعجب:

_ نجمة مين يا دكتور أحمد؟

فنظر إليه يوضح:

_ أقصد البنت اللي كانت بتيجي معايا هنا كل يوم.

ثم نظر متعجبًا ولم ينطق حرف فسأله الأب:

_ البنت اللي كانت بتيجي مع ابني هنا أنت تعرفها يا ابني؟

فقال:

_ الدكتور أحمد كان بيجي هنا كل يوم لكن لوحده.

صاح بهم:

_أنتو مجانين، هي اللي قالتلكم تقولوا كدا، انتو عاوزني اتجنن، بابا صدقني كانت بتيجي معايا هنا كل يوم، هما كذابين كلهم كذابين.

انفعال أحمد الشديد تسبب في فقدان الوعي، صرخ الأب:

_ابني.

ثم أخذه إلى المنزل ومعه صديقه عمر، وأدخلوه غرفته، وكان الطبيب داخل الغرفة وهم فى الخارج، وبعدها خرج الطبيب:

_ ابني يا دكتور هو كويس؟

أجابه:

_ الحمد لله هو دلوقتي كويس، أنا اديته مهدئ دلوقتي يفوق ويبقى كويس، لكن أنا قولتلك أحنا مش عارفين ابنك مرضه أيه، كان لازم تخلي بالك أكتر من كدا.

رد الأب:

_والله يا دكتور أنا بعمل كل اللي بقدر عليه.

قال:

_إن شاء الله يقوم بسلامة، استأذن أنا.

_ مع السلامة يادكتور.

بدأ عمر في الحديث وهو حزين:

_أنا آسف يا عمي كان المفروض أجيلك من زمان لكن أحمد كان بيمنعني، حتى كان رافض يقولي عنوان البيت، وكل ما أسأله كان كل مرة يتهرب من السؤال.

رد الأب في قلق:

_أيه يا ابني في أيه، ومين نجمة دي هي إيه الحكاية؟

_والله يا عمي أنا طول السنين دي مفكر أن نجمة حقيقية.

قال الأب:

_أنت قصدك أنها فعلًا مش موجودة؟

ثم تنهد وأكمل:

_ديمًا كان بيحكيلي عنها، لكن عمري ما شوفتها، كان عندي فضول أعرفها من كتر كلامه عنها، وفي يوم من سنتين اكتشفت الحقيقة، أن نجمة ملهاش وجود، جه ليا وسألني رأيك في هدية كان جايبها:

_عمر بقولك.

_أزيك يا أحمد.

_بخير يا صاحبي، بقولك أيه رأيك في الهدية دي؟

رد:

_شياكة جدًا متقولش ليا.

بدأوا يضحكون:

_يا عم لا نجمة عيد ميلادها النهاردة.

_سيدي يا سيدي أموت واعرف مين اللي مشقلبة كيانك كدا، ما تعرفني عليها يا ابني.

_ياعم مش وقته المهم شكلي حلو.

_لا شياكة، وجاي معاك.

_لا شكرًا.

_ يا ابنى أشيلك الهدية.

_ لا كتر خيرك يلا أنا رايح استنى هرجعلك تاني سلام.

و يومها بصراحة يا عمي كان عندي فضول أعرفها، مشيت وراه ووقفت بعيدًا، وكان قاعد لوحده قولت لسه مجاتش وكان فيه شباب واقفين:

_ المجنون جه ده احنا هنضحك ضحك.

انفعل عمر:

_ مالك يا خفيف أنت وهو.

_ مالك أنت في حاجة.

_ اه فيه مالكم بيه، أنتوا اللي فيه حاجة.

_ هو أنت تعرف المجنون ده.

_ مالك مجنون مين؟ أنت شكلك كدا عاوز تسمعلك كلمتين حلوين.

_براحة شوية يا عم فندام، روح شوف صاحبك وأنت تعرف أنه مجنون، بقاله خمس سنين بيجي يكلم نفسه.

_وفعلًا يا عمي لما بصيت لقيته بدأ يكلم نفسه ومفيش حد معاه، أنا حاولت أقوله أكتر من مرة لكن مكانش بيسمعني، آسف يا عمي لكن أحمد مريض ولازم يتعالج.

جلس الأب على المقعد مصدوم وبعدها انتفض وقال:

_ أشكرك يا ابني على اهتمامك، أنا أكيد هعمل كدا، أكيد هعالجه، وبعدها سلم عليه وكأنه يطرده:

_مع السلامة يا ابني، ولما يفوق هبقى أطمنك سلام، وأغلق باب المنزل في وجهه، ووقف خارج المنزل متعجبًا وقال:

_ شكل العيلة كلها مجانين، ثم انصرف، وفي اليوم التالي:

_أحمد أنت كويس؟

نظر أحمد ولم ينطق حرفًا، خرج والده من الغرفة وأغلق الباب، وكان يحني رأسه حزنًا على ولده، كان أحمد مصدوم من تلك الأحاديث الغريبة، وظل على هذا الوضع عدة أسابيع؛ وحيدًا لا يتحدث مع أحد حتى والده، لا يخرج من غرفته أبدًا، كان يجلس في الغرفة طوال الوقت معتمة بجانب النافذة، ينظر إلى السماء إلى تلك النجمة المضيئة بعدها يعيد النظر إلى كتاب مذكراته، ويذهب مسرعًا لإحضاره، وينظر له ثم يبدأ في تمزيق كل ورقة ويصرخ:

_ أنا مجنون، ويبكي بصوتٍ مرتفع.

ذهب إليه والده مسرعًا على صوته ثم احتضنه:

_ لا يا حبيبي أنت مش مجنون والله مش مجنون، وأنا هثبتلك ده.

خرج من الغرفة بعد أن ذهب أحمد في نومٍ عميق، بدأ يتفتل في أنحاء المنزل من غرفة تلو الأخرى، وينظر إلى الهاتف ويطيل النظر إليه، ثم يدخل إلى غرفته ويخرج صندوقًا قديمًا من خزانة الملابس الخاصة به، كان يوجد في الصندوق العديد من الأوراق والصور، ويخرج صورة أحمد وييكي، ثم يمسح دموعه ويخرج من ذلك الصندوق ورقة قديمة جدًا يوجد بها رقم هاتف أرضي، ثم حملها وذهب إلى الهاتف، وكان مترددًا بين الاتصال أم لا، ثم أخذ زفيرًا وكتب الرقم واتصل به:

_ ألو الوقت جه لازم تيجي، لازم يعرف الحقيقة.

ثم أعطى إليه العنوان وأنهى المكالمة.

كان ما يُقارب منتصف الليل، كان والد أحمد ينابه القلق والتوتر الشديدين، ويتذكر شيئًا ما، ويقطع شروده دقات الباب، ينتفض جسده خوفًا، ويذهب مسرعًا يفتح الباب، كان يقف رجل يرتدي ثوب يغطي رأسه، بدأ يلتف في غموض، نظر إليه كمال وكان يبدوا عليه الخوف ثم قال:

_ اتفضل.

دخل الرجل ينظر في كل مكان ولم يكشف عن وجهه، ثم تنهد كمال وقال:

_ أنا عارف أنك زعلان مني، لكن أنا كان لازم أعمل كدا كنت خايف على ابني.

ثم قاطعه الرجل وهو يلتف في غموض ويكشف عن وجهه، كان أعور العين عليه غمامة سوداء ويضحك ساخرًا:

_ حلوة ابنك دى يا كمال، سبعة وعشرين سنة وأنا بدور عليك وأنت اختفيت.

ثم تنهد وأكمل:

_ فاكر يا كمال.

ثم بدأ يتذكر، كان يومها الرجل يحمل طفل وينظر خلفه خوفًا من شيء، ثم يطرق على باب منزل ويفتح له كمال كان شاب:

_ أهلًا يا علي أنت جيت أمتى؟

رد في توتر:

_مش وقته يا كمال، أنا هسيب عندك أمانة لما ارجع هخدها خلي بالك منه.

ثم انصرف وهو يركض بسرعة، وكان كمال يحمل الطفل ويقول:

_مين ده يا علي استنى فهمني، لكن كان ابتعد تمامًا، ثم نظر إلى الطفل يجده يبتسم ويبتسم له ويغلق الباب.

ثم تحدث الرجل:

_ليه يا كمال؟

ثم أجابه:

_ أنت عارف أنك لما رجعت وحكيتلي الحكاية الغريبة دي أنا كان لا يمكن أصدق أو أسيبك تعرض الولد لخطر، ومكنتش مصدق ولا كلمة من اللي قولته وقتها، عشان كدا هربت قبل ما ترجع تاني، كنت خايف عليه، لكن أنا بدأت أصدق الحكاية؛ لأن في حاجات مش طبيعية بتحصل، وأنت الوحيد اللي عندك أجوبة لكل ده عشان كدا اتصلت بيك.

قال الرجل:

_ أنا عارف إن أي حد أقوله الحكاية دي مستحيل يصدق، لكن دى الحقيقة ومستحيل حد يقدر يغيرها لا أنا ولا حتى أنت.

نظر إليه كمال ثم قال:

_أنا موافق على كل اللي أنت عاوزه المهم ابني يرتاح، لكن أقسم بربي ابني لو حصله حاجة أنا مش هرحم حد سامعني مش هرحم حد.

ثم دخل كمال إلى غرفة أحمد، كان كالمعتاد يجلس بجانب النافذة وينظر إلى تلك النجمة المضيئة في السماء، ثم قام الأب بإضاءة نور الغرفة،

وينظر إلى أحمد ويبتسم، لكن ما زال ينظر إلى السماء ولم يلاحظ حتى دخول والده، ثم قال:

_ أحمد، في شخص جه يزورك، وأنا متأكد إن كل إجاباتك معاه، لكن لازم تفهم قبل أي حاجة أنت ابني وأنا بحبك، وده عمره ما هيتغير أبدًا مهما حصل.

نظر أحمد حين دخل الرجل إلى الغرفة وكان والده يخرج ويغلق الباب، بدأ الرجل ينظر إلى أحمد، وبعدها ينظر في أنحاء الغرفة، ثم يعيد النظر إليه مرةً أخرى ويبتسم ويقول:

_ أوضتك جميلة جدًا يا أحمد، أه صحيح مبروك على التخرج، عرفت من والدك أنك خلصت كلية الطب مبروك يا دكتور.

نظر إليه أحمد ولم ينطق حرفًا، ثم أكمل الرجل:

_ أنا عارف إن في حاجات مش طبيعية بتحصل معاك، لكن صدقني أنا عندي الإجابات لكل حاجة بتحصل معاك، أنت مش مجنون يا أحمد.

ثم صاح به:

_ أنت جاي تقولي أنا مش مجنون، أنت مفكر يعني أني مش هعرفك، حركة قديمة أوي، أنا عارف أنك دكتور نفساني، أنا خلاص مقتنع أني مجنون كفاية بقى كفاية.

ثم ذهب نحو باب الغرفة:

_ لو سمحت اتفضل.

جلس الرجل وهو يبتسم ولم يصغ إليه:

_ اهدى بس، وبعدين أنت اللي دكتور مش أنا، وبعدين هو في دكتور بعين واحدة.

ثم ضحك وبعدها أكمل:

_ اسمع يا ابني أنا معايا حاجة تخصك.

ثم أخرج ورقة ملتفة من جيبه وقال:

_ دى بتاعتك أنا لقيتها معاك.

ثم صرخ في وجهه:

_ مش عاوز أعرف حاجة بقولك اتفضل بره.

دخل والده على صوته المرتفع:

_ اهدى يا ابني عشان خاطري اسمعه للأخر.

ثم وقف الرجل من على المقعد ووقف بجانب النافذة، وبدأ يتحدث:

_ كان من زمان طويل الحظ اختارني و تجندت في العسكرية، وروحت أحارب في الصحراء، وفي يوم وأحنا في الحرب اكتشفنا خونة بينقلوا أخبار الجيش للعدو وتم حبسهم، لكن قدروا يهربوا، بدأنا نحاول نمسكهم، وكنا بنجري وراهم في الصحراء، لكن فجأة لقيناهم بيصرخوا، وقعوا في مكان رمال متحركة، وسبناهم يندفنوا بالحياة، لكن الغريب أن الأرض مبتكونش كدا غير يوم واحد في السنة، فشلوا كل العلماء أنهم يعرفوا سر الأرض دي.

قاطعه أحمد:

_ وأنا مالي بكل ده.

ثم أشار إليه والده ليتركه يكمل، وأكمل:

_ وعشان كنا في صحراء ومفيش سجن ولا محاكمة كان اللي يخون يستحق الموت، بقينا أي خاين نحبسه في خيمة ونستنى لليوم الموعود، ونرميه في الأرض دي، ولقبت باسم (أرض المنفى).

قاطعه أحمد:

_ أنا قريت فعلًا عن المكان ده.

ثم أكمل الرجل:

_ لكن للأسف اتهموني ظلم، وسجنوني لليوم الموعود، وأخدوني على أرض المنفى.

ثم تنهد وأكمل:

_ ورموني فيها فعلًا لكن عشان أنا مظلوم ربنا نجاني، كنت بغرق في تراب زي البحر ومفيش مخرج، وهما سابوني ومشيوا، وأنا كنت بدعي ربنا ينجيني، وفجأة بعد ما فقدت الأمل الأرض نفضتني لفوق، لكن مش لوحدي كان معايا طفل رضيع.

ثم نظر أحمد إلى والده:

_ ومين الطفل ده؟

أحنى والده رأسه وأجابه الرجل:

_ أنت الطفل ده يا أحمد.

ضحك أحمد ساخرًا:

_ فين الناس اللي بتقول عليا مجنون، أنا بالنسبة ليك يا عم الحج عاقل جدًا.

قال الرجل:

_ اسمع يا ابني الخريطة دي بتاعتك أنا لقيتها معاك، دي خريطة كنز، أنا كل يوم بقالي سبعة وعشرين سنة بروح الأرض دي وبحاول أحفر، لكن للأسف كل ما نبدأ حفر مع طلوع الفجر كل اللى عملناه بيتردم، الحل الوحيد إننا نحفر في اليوم الموعود، ولازم أنت تكون معانا، كل اللي أقدر أقوله أنك لو عاوز تعرف حقيقتك أكيد هيكون مع نهاية الخريطة.

ثم نظر أحمد إلى والده:

_ الكلام اللي بيقوله ده حقيقي؟

فأجابه:

_ بقالي كتير بحاول أخبي لكن كان لازم هيجي يوم وتعرف، لما علي حكالي الحكاية دي أنا مصدقتش وخوفت عليك، سبت كل حاجة وقتها وهربت وجيت هنا، لكن في حاجات كتير مش طبيعية زي النوبة، بتجيلك في نفس اليوم اللى علي سابك فيه يعني في اليوم الموعود اللي بيقول عليه، كنت ديمًا خايف عليك مكنتش بسيبك لحظة، والفترة اللي سبتك فيها حصلك هلاوس، وأنا مكنتش أقدر أشوفك وأنت بتتعذب أكتر من كدا، لكن لازم تفهم أنك ابني وهتفضل ابني.

ثم نظر إليه الرجل:

_ فكر يا ابني، لكن الحل أنك تعرف حقيقتك أكيد هيكون أخر الخريطة، رقمي مع والدك لو قررت أنا هكون معاك وهساعدك.

وذهب الرجل وترك له الخريطة، كانت قديمة جدًا، لم يستطع أحمد إغلاق جفونه من كثرة التفكير، ولا يصدق كل هذه الأحداث الغريبة.

ذهب مسرعًا إلى جهاز الكمبيوتر، وبحث عن اسم هذه الأرض، وقرأ أن هناك فعلًا مكان بذلك الاسم وفشل العلماء في معرفة سر هذا المكان، وقالوا أنه أعجوبة من العجائب السبعة.

ثم قال:

_ هى الحكاية بجد؟

ثم ذهب وأخرج الخريطة، لكن لم يفهم منها أي شيء، إنها عبارة عن صحراء بدايتها أشجار وآخرها جمجمة وطريق بالخط الأحمر بداية الأشجار إلى آخر الخريطة الوصول إلى الجمجمة، فظن أن هذه الجمجمة هي الكنز، بعدها بدأ ينظر إلى السماء ويطيل النظر حتى الصباح.

وفي اليوم التالي:

خرج أحمد من غرفته، كان والده يجلس كالمعتاد يقرأ القرآن الكريم، بدأ يتفتل أمامه ذهابًا وإيابًا، حتى لاحظ والده ونظر إليه ثم قطع القراءة، وأخذ تنهيدة طويلة ثم قال:

_ناوي على أيه يا ابني؟

أخذ زفيرًا وكأنه كان ينتظر سؤاله:

_أنا قررت أني هروح يا بابا، دي حقيقتي ولازم أواجه مصيري، لكن معرفش ليه حاسس إن فيه حاجة غلط في الحكاية دي.

بعدها وقف والده واقترب منه، وكانت عينيه تشبه البحيرة من كثرة الدموع الذي يحاول كل جهده أن يتملكها لكن لا يقاومها، ثم ينظر إليه ويضع يديه على وجهه:

_ كنت بحاول بكل جهدي أنك متعرفش وتفضل جنبي، لكن كان لازم هيجي يوم وتعرف وتكون عاوز تعرف الحقيقة.

ينظر إليه أحمد وكان على وَشك البكاء لكن يتمالك نفسه ويقول:

_ لكن أنا عمري ما هسيبك، أنت أبويا وده عمره ما هيتغير، هرجعلك لكن لازم أعرف أنا مين.

ثم نظر إليه وهو يمسح تلك الدموع التي تمطر من عينه وقال:

_ أنا مش همنعك، لكن أنا مش هسيبك وهاجي معاك.

قال:

_ لا يا بابا أنا مش عارف هواجه أيه، لكن مهما كان اللي هواجهه لازم أواجه لوحدي.

ثم انفعل والده وقال:

_ لا وأنا مش هسيبك وهكون معاك، سامعني مش هسيبك.

نظر أحمد مبتسمًا ولوح برأسه موافقًا واحتضنه، ثم أخذ منه الورقة الذي يوجد عليها رقم الرجل واتصل به، وذهب الرجل على المكالمة، وفتح له أحمد باب المنزل.

ثم بدأ أحمد في الحديث:

_ أنا قررت أروح معاك، أنا لازم أعرف حقيقتي.

قال الرجل وهو سعيد جدًا:

_ وأنا معاك يا ابني وأكيد هنوصل للكنز.

ثم بدأ يدغوش على الكلمة:

_ أكيد هتوصل للحقيقة، وكويس لأن اليوم الموعود هيكون بعد أسبوع بالضبط جهز نفسك.

فصمت أحمد قليلًا ثم نظر إليه:

_ وأنا جاهز، ومستعد أواجه حقيقتي.

وانصرف الرجل وكان أحمد ينتظر ذلك اليوم ويفكر في ألف شيء، وما قد يواجهه؟

وقبل الميعاد بليلة:

_ يلا يا بابا قوم أرتاح شوية بكرة عندنا مشوار طويل.

رد وهو على وشك يغلبه النعاس:

_ عندك حق يا ابني أنا أصلا رايح في النوم، هو علي قالك هيجي أمتى؟

أجابه:

_ بعد آذان الظهر إن شاء الله.

وبعدها تركه والده ودخل إلى غرفته، وكان أحمد يحضر حقيبة كتف ويضع بها بعض الأغراض مثل؛ مياه شرب وطعام، وكتاب مذكراته الممزق، ثم ينظر إلى السماء يرى تلك النجمة ثم يقول:

_ سوف تبدأ حكايتي إلى دنيتي الحقيقية والجواب على سؤالي من أنا؟

وينظر إلى النجمة ويقول:

_ والسؤال الأهم من أنتِ؟

ثم ينظر إلى الساعة كانت الثانية صباحًا، ثم حمل الحقيبة، دخل على والده الغرفة وينظر إليه وكأنها النظرة الأخيرة، وبدأ يبكي وكان والده

في نومٍ عميق، ثم وضع بجواره جواب ورقي، ثم يخرج من الغرفة ويغلق الباب ويقول:

_آسف يا بابا أشوف وشك على خير.

وكان الأب لا يزال في نومٍ عميق، بدأ ينظر في أنحاء المنزل نظرة الوداع، ولا يدري إذا كان سيعود مرةً أخرى أو هذا هو الوداع الأخير، ثم خرج من باب المنزل وكان هناك سيارة بانتظاره أمام المنزل، كان موجود بها الرجل وأولاده الثلاثة نظر إليه الرجل وقال:

_ دول أولادي (خليل، حسن، خالد).

هز رأسه تحيةً لهم ثم بدأ في التحرك، وكان أحمد ينظر إلى المنزل ولا يزال يراوده إحساس أنها النظرة الأخيرة، حتى وضع أحد الشباب يده على كتفه كان في نفس عمره:

_ اطمن إن شاء الله هترجع.

ثم ابتسم وأكمل:

_أنا خالد.

يمد يده للمصافحة، يبتسم أحمد ويصافحه وينظر لهم الرجل من الأمام ويبتسم.

ثم يقول أحمد:

_ أنا أحمد.

بدأ التعرف على خالد وتحدث إليه إلى أن تتوقف السيارة على صوت الرجل يقول:

_ وصلنا أرض المنفى.

ثم نزلوا من السيارة وينظرون كل ما حولهم صحراء ورمال، لكن كان هناك شجرة واحدة فقط فى تلك الأرض البور، وكانت في أحسن حالاتها، لا يبدو عليها الذبول ولا العطش، تعجب من ذلك المنظر وسأله:

_ إزاي في شجرة هنا؟

ثم حمل الرجل العجوز حجر وألقى به في اتجاه الشجرة حتى اختفى تمامًا، نظر إلى أحمد وقال:

_ جاهز؟

أخذ زفيرًا قويًا وكأنه يمحو خوفه:

_أنا جاهز.

ثم قال الرجل:

_احنا هنربطك بحبل وأنت هتروح هناك، والأرض هتسحبك وأحنا هنسحبك بالعربية وأنت تحفر.

ثم قيدوا أحمد من خصره، والطرف الآخر في السيارة وبدأ يتقدم، وكان يكاد قلبه أن يتوقف من الخوف، ودقاته السريعة التي على وشك أن يسمعوها من حوله، ثم يتوقف ويتنهد ويباشر التقدم ويصل إلى تلك الشجرة، لكن لم يحدث أي شيء، أخذ زفيرًا وكأن جبلًا كان فوق كتفه، ويلتفت إليهم ويرفع كتفه، ثم يصيح الرجل العجوز:

_لا مستحيل.

ويركض إلى أحمد لكنَّ الأرض تبدأ في ابتلاعه، لكن أحمد يقف ولا يحدث له أي شيء، ثم يسرع إليه وكان يقف بجانبه تمامًا لكن ينظر في

تعجب، الأرض كانت تحت قدميه صلبة ولا يوجد أي رمال متحركة، وينظر إلى الأسفل يجد الرجل قد اقترب من الدفن، ثم اهتز رأسه وكأنه يفوق من غفوة، ثم خلع الحبل من حول خصره وربطه به، وكانوا الشباب الثلاثة فى ذهول صاح بهم:

_ أنتوا واقفين كدا ليه بسرعة اتحركوا بالعربية.

أسرعوا إلى السيارة الشباب الثلاثة، بدأوا في تشغيل المحرك لكن لا يعمل، وأحمد يحاول بكل جهده إنقاذ الرجل لكن اختفى تمامًا، صرخ أحمد:

_لاااااا

وينظر إلى السيارة تنسحب إلى الأسفل بذلك الحبل الذي كان في خصر والدهم، وكانوا الشباب بداخل السيارة يصرخون محاولين فتح باب السيارة لكن لا جدوى، ركض إليهم محاولًا فتح أبواب السيارة لكن فشل في ذلك، ثم خطر له قطع الحبل أو فكه من السيارة، لكن قبل أن يذهب يسقط على الأرض من ألم شديد ويرى السيارة تختفي، لم يكن لديه أي حيلة في إنقاذهم، حتى اختفت السيارة تمامًا، ويبدأ في استعادة توازنه، ثم يقف على قدميه وينظر حوله يمينًا ويسارًا، لا يوجد غير رمال وتلك الشجرة فقط في تلك الصحراء الجرداء، ثم صرخ ينادي ربه ويسجد على الأرض يبكي ، وعندها تهب الرياح شديدة من أمامه وهو لا يوازن نفسه، يركض إلى تلك الشجرة؛ ليتمسك بها من شدة الرياح القوية، ويغلق عينيه من شدة الأتربة، ويتمتم بدعاء ربه كي ينجيه، حتى تتوقف الرياح لم يعد يشعر بأي شيء، يبدأ فتح عينيه ببطءٍ شديد وينظر في تعجب:

_يا الله ما هذا؟!

يجد بوابة من الرمال أمامه، يبدأ يتمالك نفسه، ثم يتقدم ويقف أمامه ويقول:

ـ مش هعرف ارجع ومش هموت هنا، أنا لازم أعرف الحقيقة، تبدأ الرحلة إلى المجهول، إلا أنه كان يراوده الخوف الشديد من الذي سوف يقابله وهل سيعود أو لا، وسمى الله وتقدم.

كان والده في المنزل يستيقظ ويذهب إلى غرفة أحمد لكن لم يجد أحد، ثم يبحث عنه في أنحاء غرف المنزل لكن لا يوجد أحد، يعود إلى غرفته مسرعًا إلى الهاتف لكن يرى الجواب ويجلس على السرير يقرأه:

"أنا آسف يا بابا لكن مستحيل كنت أسيبك تيجي وأنا مش عارف ممكن أواجه أي خطر، لما تقرأ الجواب هكون وصلت متحاولش تيجي ورايا عشان خاطري يا بابا، وخلى بالك من نفسك، صدقني هرجعلك، والله هرجعلك يا كمال أنا ماليش غيرك هرجع، أشوف وشك على خير"

يبكي وهو يقرأ كل كلمة، ثم يتمتم بدعاء ربه أن يعود به سالمًا، وكان أحمد دخل إلى تلك البوابة الرملية وأُغلقت خلفه، لكن لم يهتم بذلك وبدأ في التقدم، ينظر أمامه مكان معتم جدًا لا يوجد معه أي شيء الحقيبة والخريطة داخل السيارة، بدأ في التقدم داخل النفق المظلم، كان يرتطم من العتمة، ثم يقف ويضع يده في جيبه يُخرج مفتاح منزله، كان يوجد به ميدالية على شكل مصباح صغير، بدأ في إضاءته وينظر إلى ذلك النفق، يجد به الكثير من الصخور، يحمل المصباح بيده اليمنى، ويزيح شباك العنكبوت الكثيفة بيده اليسرى حتى سار لعدة أمتار، حتى وصل إلى آخر النفق لكن كان يوجد حائط، ينظر إليه في ذهول، ثم يضع يديه ويحاول تحريكه، لكن كان حائط لا يوجد أيُّ مخرج، بدأ يضحك ساخرًا:

_كنت عاوز أعرف أنا مين؟! أنا ابن المنفى وده قبري ومفيش حقيقة.

ثم جلس يشعر بالندم، عندما استمع لكلام ذلك الرجل غريب الأطوار، ثم بدأ يغلبه النعاس من شدة التعب، لم يتمالك نفسه غلبه النوم، ويرى نفسه في الصحراء بجوار تلك الشجرة، ويقف أمام البوابة لكن لا يريد الدخول هذه المرة، ثم يسمع صوتًا من خلفه:

_أحمد.

ثم ينظر خلفه في دهشةٍ:

_نجمة!

قالت:

_قوم يا أحمد أنت خلاص قربت يلا متقفش لحظة الوقت بيفوت، وكان يحاول الاقتراب منها لكن كلما اقترب تبعد أكثر، ثم ينتفض من نومه يردد اسمها:

_نجمة...نجمة.

ثم ضحك ساخرًا:

_أنتِ مجرد حلم في خيالي مش أكثر، بعدها مر وقتٌ وهو في ذلك النفق، بدأ يفكر على من صنع ذلك النفق ثم يقول:

_أكيد في مخرج.

ثم بدأ يبحث في كل مكان ولا يجد أيُّ شيء، وعندما يفقد الأمل ويجلس على صخرة كبيرة في إحدى زوايا النفق حتى يشعر بحركة، ثم يحاول إزاحته فلم يستطع في البداية رغم قوته البدنية؛ فحاول مرة أخرى دون أن يستطيع، فصاح بنفسه أنه لن يستسلم، وعاد المحاولة مرة بعد مرة حتى تحركت الصخرة تلك الحركة الضئيلة، ثم يمسح جبينه من العرق

وعاد يدفع بكل قوة، ويضغط أسنانه ببعضها ويصيح ويدفع حتى سهل تحريكها بعد ذلك، ودفعها رويدًا رويدًا حتى سقط على ركبتيه، وازدادت ضربات قلبه، وتسارعت أنفاسه، وقال مبتسمًا:

ـ أجمد يا بطل أكيد هتقدر.

وعند إزاحتها اهتزت الأرض بشدة، لم يوازن نفسه وسقط على الأرض، ويرى ذلك الجدار يرتفع ثم يقف ويأخذ زفيرًا طويلًا لنجاته، بعدها خرج أحمد وهو ينظر إلى تلك الطبيعة ومتعجبًا من ذلك المنظر الجميل من أشجار وبحيرة، ويبدأ يتقدم خطوات بطيئة جدًا، يتأمل ذلك الجمال ثم ينظر خلفه على صوت تصدم، ينظر كان باب النفق يغلق، ثم يمسك حجر ويعلم المكان بحفرة على الجدار من أجل العودة إلى الديار، ثم يباشر التقدم وينظر حوله ويقول في ذهول:

ازاي كل الزرع ده موجود تحت الصحراء؟! هو ده الكنز المفقود؟

وبدأ يسأل نفسه: هل من أحدٍ يعيش هنا؟ أين أنا الآن؟ هل هذه بوابة تأخذنا عبر الزمان عادت بي إلى زمان ما قبل البشرية؟

وبدأ ينظر ويتأمل في جمال الطبيعة؛ الأشجار العالية، لون السماء الصافية لم ير مثلها من قبل، صوت الطيور التى تغرد فوق الأشجار، ويهمس بصوتٍ مسموع، يا لها من جنةٍ تحت الصحراء! ثم يقطع هذا الهيام في الطبيعة صوت غناء فتاة لكن لا يعلم من أين يأتي ذلك الصوت، يبدأ البحث في كل مكان، ويتتبع الصوت حتى يراها تجلس بجوار بحيرة صغيرة، فتاة في منتهى الجمال تقرب السابعة عشر، تضع فوق رأسها عقد من الزهور، يتنحى أحمد بجانب الأشجار حتى لا تراه، وبدأ ينظر ويستمع إليها ويرى كم هي جميلة؛ شعرها مثل لون الشمس، عينيها زرقاء مثل سماءٍ صافية، وبيضاء مثل بياض الثلج، ظل ينظر إليها وهي تتمتم بصوتها الجميل، حتى توقفت عن الغناء

وتنظر إلى البحيرة، وبعدها يذهب إليها لكن عندما تراه قبل أن يتكلم، تبدأ في الركض وامتطت حصانها، يحاول أن يجعلها تنتظر لكن لا جدوى، يراها تذهب بكل سرعة وكان فستانها الطويل يتطاير خلفها ثم يطير شالها إليه، يرفع يده ويمسكه وهي تنظر إليه لكن لم تتوقف، وهو بدأ تتبعها للوصول الى أي مكان، حتى رآها فوق جبل مرتفع وتذهب إلى الجهة الأخرى، بعدها بدأ في تتبعها إلى الأعلى، وكان ينظر حوله ويتأمل في هذه الطبيعة حتى بدأ يظهر عليه التعب والإرهاق الشديد والجوع والعطش، حتى وجد أشجار فواكه وذهب وأكل منها حتى شبع، وخلع قميصه ووضع به العديد من الفواكه، ثم بدأ فى رحلته وكان كلما اقترب من ذلك الجبل يبعد أكثر، وكان تعب من المشي الطويل جلس على صخرة كبيرة بجانب الأشجار؛ ليستريح قليلًا وبعدها يكمل، ثم يتخيل أنه في زمان آخر، ويقطع خياله صوت حصان، ثم ينظر إليه يراه يحاول أكل الفواكه من فوق الأشجار لكن لا يصل إليها، كان أحمد يراقبه وهو يجلس، حتى وصل إلى إحدى الثمرات، عندها بدأت الشجرة التمدد حول الحصان كأنها تقيده، بدأ أحمد ينظر في تعجب، ويمسح عينيه من الدهشة لا يصدق ما يرى، ثم يذهب بسرعة لإنقاذ الحصان من بين الأغصان، يحاول بكل جهده والحصان يعافر، حتى يذهب نحو هذه الشجرة؛ حتى يحاول انتزاع الأغصان، حتي يقترب منها ويضع يده على الأغصان تتراجع، بدأ يندهش أكثر كيف هذا، ثم يركض ويضع يده على كل غصن يحاوط الحصان حتى تتراجع وكأنها تهابه، بدأ ينظر في دهشة حتى اقترب منه الحصان وبدأ الاحتماء به، وكان خائفًا ويريده أن يحميه، ثم نظر إليه ووضع يده فوق رأسه وقال إليه: هل تشعر بالجوع؟ هز رأسه وكأنه يفهم عليه، أخرج بعض الفواكه من قميصه، وبدأ الحصان يقترب منه يشمشم في الفواكه التى كانت تفاح، ثم بدأ في أكلها وبعدها نظر إلى ذلك الارتفاع وبُعد المكان في الأعلى حتى خطرت له فكرة، أن يمتطي الحصان إلى الأعلى، وبدأ

يقترب منه؛ ليمتطيه لكن كان ينفر منه ويركض خلف شجرة، حتى أخرج تفاحة أخرى وبدأ يقترب منه، حتى وضع يديه على جبين الحصان وبدأ ينظر في عينيه، حتى انحنى له الحصان؛ حتى يمتطيه، وركب الحصان وبدأ يركض حتى وصل إلى أعلى الجبل الذي رأى الفتاة تتخطاه، لكن نزل من فوق الحصان عند الوصول إلى قمة الجبل، ينظر ولا يصدق ما ترى عينه، ويقول فى ذهول:

_ مش معقول ازاي دى حقيقة؟!

يضع يده على رأسه من الذهول، كانت توجد مدينة شبه منقسمة إلى نصفين، نصف ليل والآخر نهار، بدأ فى مسح عينيه لا يصدق كيف يعقل هذا، حتى عاد ركب الخيل وقال:

_ أهلًا بالحقيقة سوف أعلم الكثير عن هذه المعجزة، وأكون أول من اكتشفها.

تبدأ رحلته، ويوجد لديه مائة سؤال ليعرف سر هذه المعجزة، كان الحصان يركض بأقصى سرعة، كان قميصه يتطاير، وكان يمسك في شعر الحصان وكأنه لجام، حتى وصل بجوار نهر وفى الجهة الأخرى مدينة النهار، ويمتد النهر بين المدينتين، ثم يتقدم إلى المدينة الذي يوجد بها النهار، لكن الحصان ينفر من النهر ولا يريد تخطيه، وكلما يقوده إلى الأمام يتراجع الحصان إلى الخلف ثم نزل من على ظهره؛ حتى يحاول عبور ذلك النهر، لكن لا يوجد أي وسيلة حتى يعبره غير السباحة، حتى نزل فيه ليعبر إلى الجهة الأخرى، وبدأ في السباحة لكن يسحبه شيءٌ ما إلى الأسفل، ويحاول الخروج لكن بلا جدوى، وكان على وشك الغرق، وكاد يغمض عينه مستسلمًا، حتى ينظر بعيد يرى صخور على شكل نجمة فابتسم ابتسامة شبه إعياء شديد وقال:

_نجمة

ثم أغمض عينيه للحظات حتى فتحها مرة أخرى على أحدٍ يسحبه إلى الأعلى يحاول إنقاذه، ويفتح عينيه على تلك الفتاة الجميلة ويبتسم ويغلقها مجددًا، وبعدها يستيقظ ويجد نفسه في إحدى البيوت، ينام فى أحد الغرف على الأرض، لا يوجد به سرير ولا مقعد، ولا حتى يوجد باب على الغرفة كان عليها ستار فقط، ثم سمع صوت أحدٍ قادم، رجع نام كما كان، حتى دخل عليه رجلٌ أسود اللون، يرتدي ثوبًا أبيضًا إلى ركبتيه، وسروالًا واسعًا نفس اللون، وقبعةً بيضاء، ثم بدأ ينظر إليه قائلًا:

_أنا فين.

فأجابه الرجل:

_أنت بخير، بس أنت أيه نزلك النهر يا غريب؟

أجابه:

_أنا كنت عاوز أتجاوز النهر لكن مفيش أي جسر أو ممر، ومكنش في طريقة غير السباحة في النهر، لكن أنت عرفت ازاي أني غريب؟

ثم ضحك الرجل وقال:

_من لونك.

رد في تعجب:

_أيه مش فاهم؟!

فقال الرجل:

_هتعرف كل حاجة في وقتها يا غريب، اتفضل معايا.

ثم ذهب معه إلى أحد الغرف في ذلك المنزل، كان صغيرًا يبدو أنه من طابق واحد، كان السقف من الداخل على شكل مثلث، كانت الغرفة الثانية يوجد بها مقاعد من الحجارة، بدأ يدور في عقله، أن تلك البوابة السحرية أخذته إلى العصر الحجري القديم، حتى قطع شروده صوت امرأة تصرخ داخل المنزل، سأل الرجل عن تلك الصرخة، لكن أجابه في ارتباك:

_لا ولا حاجه لازم تمشي.

حتى سمع الصرخة مجددًا:

_لكن أنا مش همشي غير لما أعرف مين بيصرخ.

ثم أجابه وهو يحني رأسه:

_هذه زوجتي إنها تضع مولودًا، عليا الذهاب لإحضار طبيب المدينة، ثم وقف أمامه قائلًا:

_حظك حلو أنا دكتور وأخصائي ولادة كمان.

ثم ضحك ساخرًا:

_حظي حلو! مافيش حد في نحسي النهاردة.

سأله متعجبًا:

_ليه بتقول كدا؟

حتى سمع صراخها يزداد وذهب إليها مسرعًا في أحد غرف المنزل، كان لا يوجد أبواب غير باب المنزل فقط، ومن الداخل ستار مكان الأبواب، وجد زوجة الرجل كانت تنام على الأرض، لا يوجد أي سرير في المنزل قط.

ثم قال الرجل:

_زوجتي أهم من المولود، عليك إنقاذ زوجتي هو مصيره معروف، لكن لم يستمع إليه وكان ما بوسعه لإنقاذ الأم والطفل، بعد عدة ساعات انتهت الولادة مع سماع صوت المولود، حمله وذهب بالطفل إلى والده يعطيه إليه، لكن لم ينظر له حتى وذهب لرؤية زوجته، ضحك أحمد بهستيريا ويسأل نفسه: هل يوجد حب بهذه الطريقة؟ ثم ينظر إلى الطفل يراه في منتهى الجمال لكن لا يشبه والده؛ كان أبيض الوجه، ثم بدأ الحديث مع الطفل وكأنه يفهم عليه:

_ معلش بقى هيطمن على ماما الأول.

بعدها دخل الغرفة مجددًا يعطيهم الطفل حتى يجد الأم ترفض حتى رؤيته، بدأ يشعر بالذهول ويسأل:

_في أيه ده ابنكم، أنا مش فاهم حاجة.

ثم يقف الرجل من جانب زوجته ويذهب إلى أحد الغرف ويحضر سكين حادة، ويريد أخذ الطفل لذبحه، لكن يرفض أحمد بشدة أن يسلمه الطفل، ويصرخ عليه:

_أنت عاوز تعمل أيه يا مجنون أنا أمنعك.

وبدأ يفكر أنه يريد قتل الطفل بسبب خيانة زوجية وهذا ليس طفله، وبدأ يخمن أن الطفل لا يشبه والده، لكن كان متعجبًا من لهفة الرجل على زوجته، وذلك الحب الشديد، هل من الممكن أن يسامح أحد ما على الخيانة بذلك الطريقة؟ هل الحب يستطيع محو الخيانة للزوج أو الزوجة؟ أم ذلك يُعد من الغباء؟ بعدها اقترب الرجل من زوجته وهو يبكي وهي كذلك، ثم يطلب منها أن تسامحه ويترجاها، كان أحمد

متعجبًا، ما الذي يحدث؟ لا يفهم أي شيء، على دخول الفتاة الجميلة الذي رآها من قبل بدأت في الحديث:

ـ الغرباء مش عارفين احنا عايشين في أيه أو بنواجه أيه كل يوم.

ثم قاطعها:

ـ أنتِ أنا شوفتك أنتِ أنقذتي حياتي، شكرًا أنا مدين ليكِ بحياتي.

ثم نظرت إليه وقالت:

ـ طالما مدين بحياتك، فأنا فعلًا محتاجاها.

نظر إليها متعجبًا:

ـ أنا مش فاهم حاجة.

ثم صاح بها الرجل:

ـ شمس اسكتي.

ثم قاطعه أحمد:

ـ وأنا حياتي تحت أمرك لكن أفهم في أيه.

ثم نظر الرجل في ذهول:

ـ أنتَ عارف أنت بتقول أيه؟ أنت موافق تفادي ابني بحياتك؟

ثم نظر أحمد ولا زال لا يفهم أي شيء، ثم تنظر شمس من النافذة وتركض إلى الرجل وتقول:

ـ أخي سحاب الجنود على وشك الوصول إلى البيت.

ثم بدأت الأم في البكاء والرجل يقترب منه؛ لأخذ الطفل وهو يحني رأسه مستسلمًا، لكن يرفض أحمد أن يسلمه الطفل.

ثم قال أحمد:

_أنا مش فاهم حاجة لكن مستحيل أسلمك الطفل، أنت مجنون؟! أنت عاوز تقتله.

قال الرجل:

_أنا مقدرش أمنع المكتوب، وده مصير لو كان فضل في رحم أمه ثلاثة أيام فقط كان تغير مصيره.

قال أحمد:

مصير أيه؟ واشمعنا ثلاثة أيام؟

رد الرجل:

لازم أسلم الطفل لجنود القصر في أسرع وقت، مصير الموت.

ثم صاح به :

_تسلمه للجنود! أيه الذنب اللي عمله الطفل في بطن أمه أنت مجنون؟!

قالت شمس:

_أنا معاك طفل مالوش أي ذنب ومش هسمح لهم يقتلوه لو حياتي هي الثمن.

ثم يقطع حديثهم دقات الباب، يبدو عليهم الخوف الشديد، ثم ذهب سحاب يفتح الباب لكن يمنعه أحمد واقفًا أمامه يهمس بصوتٍ منخفض:

_اسمع أنا مش هسمحلك تعمل كدا.

رد :

_ لكن لازم أفتح، وإلا هيكسروا الباب وهياخدوا الطفل أول ما يعرفوا أنه اتولد النهاردة.

قال أحمد:

_ يعني لو ماكنش اتولد مش هيتقتل؟

أجابه:

_ لو كان فضل بس ثلاثة أيام كان عاش لكن ده قدره، ثم زادات دقات الباب، أسرع أحمد إلى الأم وقال:

_ بسرعة أنتِ لسه حامل.

شمس جبيلي أي ملابس من البيت، ينظرون إليه متعجبين ولا يتحركوا.

ثم نظر إليهم وصاح بشمس:

_ بسرعة.

أسرعت شمس ثم أخذ منها الملابس وأعطاها الطفل كان نائمًا، وذهب مسرعًا إلى آلام وبدأ يضع الملابس مكان الطفل؛ لخداع الجنود، كانوا الجنود يقفون أمام المنزل يتساءلون: لا يوجد أحدٌ بالمنزل؟ ويقول القائد لا إنهم بالداخل، أسمع صوت أحدٍ بالداخل وبدأ في الطرق، ثم يقول القائد:

_ اكسر الباب.

ثم رجعوا الجنود إلى الخلف؛ لكسر الباب حتى يفتح سحاب ويسقطوا جميعًا على الأرض، ثم يسأل القائد:

_ أيه سبب التأخير؟

أجابه سحاب:

_ آسف سيدي بس زوجتي تعبانة شوية مسمعتش الباب، كان أحمد يقف حاملًا الطفل في أحد الغرف يحاول الاختباء ويشعر بالقلق والخوف أن يبكي الطفل ويفضح أمره، ثم ينظر قائد الجنود إلى زوجة الرجل يرى بطنها مرتفعة، ويقول: لا يوجد طفلٌ هنا هيا بنا.

وقبل أن ينصرف يقف أحد الجنود يسمع صوت بكاء طفل، وأحمد يحاول أن يسكته حتى سكت خرج منه صوتٌ ضئيل جدًا، بدأ قائد الجنود في التقدم إلى تلك الغرفة ببطءٍ شديدٍ، وكان يبدو على شمس والأم وسحاب الخوف، ويغمضون أعينهم عندما اقترب من الغرفة ويزيح الستار بيده لكن لا يوجد أحد، وينظر يمينًا ويسارًا لا يوجد أحد، ثم يعود أدراجه ويقول:

_هيا بنا.

وخرجوا من المنزل ثم أخذ سحاب زفيرًا ويغلق الباب خلفهم، وكانت الأم متعبة جدًا جلست وذهب سحاب يساعدها، أسرعت شمس إلى الغرفة لا تجد أحدًا وتقول:

_أين اختفى بحق السماء، ثم تراه يفتح النافذة من الخارج ويقول:

_أنا هنا، تنفزع ثم تأخذ منه الطفل ويتسلق ويعود داخل المنزل، تذهب شمس تعطي الطفل إلى والدته كانت سعيدة جدًا وشكروا أحمد جدًا، ثم سألته شمس في تعجب:

ازاي خطر تلك الفكرة دي.

ثم ضحك ساخرًا:

_عادي اتعملت في مية فيلم قبل كدا.

نظرت إليه في دهشة وسألته:

_ يعني أيه فيلم؟

ثم تذكر أنهم لا يعرفون لأنه رجع بالزمان ولا يوجد هنا أي تكنولوجيا، ثم سألهم:

_ هو احنا في سنة كام؟

أجابه سحاب:

_ أحنا في الألفينات.

اتصدم أحمد وبدأ ينظر في صدمة ويسأل:

_ احنا هنا فين؟

أجابته شمس:

_ احنا فى مدينة (إركالا) مين يعيش في الزمن ده وميعرفش مدينة (إركالا)؟!

نظر متعجبًا:

_ لكن أنا أول مرة أسمع الاسم ده، فين دي تابع أي دولة؟

ثم قال سحاب:

_ إركالا أثرى مدينة بين المدن، هي تقع في الجنوب، لكن أصبحت إركالا مدينتين من بعد الكارثة، انقسمت إلى ليل ونهار.

ثم سألها:

_ أنا كنت هسأل عن المعجزة دى ازاي ليل ونهار في وقت واحد؟!

ثم قالت شمس:

_ أخي سحاب تسمح؟

ثم نظر إليها أنه موافق وكأنه يعلم ما تريد، ثم نظرت إلى أحمد أن يتبعها، وخرجت من المنزل وخرج خلفها، وبدأت في التصفير حتى أتى حصان على صوتها، وكان أحمد ينظر حوله على أهل المدينة كلهم مثل سحاب يرتدون نفس الملابس وبشرتهم سوداء، حتى نظرت إليه شمس تقول له أن يمتطي حصان بجانبها، ثم يمتطي الحصان ويبدأ حصان شمس في الركض، وابتسم وأسرع خلفها حتى وصل بجوارها، وينظر إليها يرى نجمة، وعندما ينظر مرة أخرى يرى شمس، حتى اللجام لتسرع، ويراها تبتعد حتى أسرع هو الآخر، حتى يراها تقف بجانب النهر الذي كان على وشك الغرق به، ويراها تقف بجوار النهر نزل من فوق الحصان وذهب إليها، قالت له: اغمض عينك مثلما أفعل، ثم ينظر ولا يفهم، يراها تغمض عينها وتنظر إلى السماء، يراها تتخطى النهر طائرةً من فوقه، ظهرت عليه الدهشة من الذي يراه، وتكون فى الجهة الأخرى تلوح له بيدها حتى يلحق بها، ثم يضحك ساخرًا ويقول:

_ أيه الطبيعي اللي حصلي من أول ما جيت هنا، ثم أغمض عينيه مثلها ويشعر أنه يطير ولا يتمالك نفسه، حتى يفتح عينيه حتى يسقط على الأرض وتسقط شمس معه، وبدأ ينظر في عينها، وشعرها الذي يتطاير، ويتأمل وينظر، وهي نفس الشيء، حتى تضع يديها على خصرها، وتُخرج خنجر ثم تقوم بقطع غصن الشجرة الذي كان على وشك الإمساك به، يصرخ أحمد خوفًا بعدها يضحك ساخرًا؛ حتى لا تشعر أنه خاف، ثم تقول:

_ مش تفتح عينك تاني قبل رجلك ما تلمس الأرض، بعدها بدأت في التصفير في الجهة الأخرى حتى أتى حصان آخر وتمتطي الحصان، ينظر إليها أحمد ماذا عنه، حتى سمع صوت ذلك الحصان الذي امتطاه

من قبل، ثم تنظر إليه وهي تركض بالحصان، ويبتسم ويذهب خلفها حتى تتوقف أعلى الجبل، وتلتفت إلى المدينة وهو يقف بجوارها ينظر إليها، وهي تشير له أن ينظر إلى المدينة وبدأت في الحديث:

إركالا مدينة الثراء، لكن تحولت لمقبرة الموتى وتوقف الوقت، ثم نظرت إليه:

_لكن مش الأيام ولا السنين، النهار والليل.

ثم نظر متعجبًا:

_يعني أيه تحولت لمقبرة؟

ثم جلست على صخرة وأكملت:

_حب النفس هو اللي عمل فينا كده، غرور الملك وصلنا لكل ده.

ثم سألها:

_ملك!

ثم أشارت على الظلام يوجد به قصر من بعيد، وقفت وأدارت ظهرها وتابعت الحديث:

_الملك هو السبب، وكلنا بندفع الثمن لكن الثمن غالي أوى.

سألها:

_حصل أيه وأيه الثمن اللي بتتكلمي عنه؟

أجابته:

_من زمان طويل كانت المملكة في انتظار أمير، لكن الملكة كانت مريضة جدًا والأطباء فشلوا في علاجها، حالتها كانت في خطر وللأسف ماتت بعد الولادة، لكن أنجبت أميرة غضب الملك عشان مش هيكون ليه ولي للعرش، وكان عنده أميرتين، وقواعد المملكة أن الأميرة لا تستحق العرش، فقرر وقتها أنه يعيش أبدي ويفضل شباب.

نظر لها فى دهشة:

_ازاي ده؟

أجابته:

_ فعلًا رجع شباب لكن احنا اللى بندفع الثمن.

سألها:

_أنا مش فاهم رجع شباب ازاي؟

أجابته:

_راح لساحرة ملعونة عايشة في جزيرة (أوكيجاهارا) في الشمال، لقبت بجزيرة الانتحار، لأن مفيش حد دخلها وطلع عايش، هناك مملكة الساحرة (روزالينا).

***

تنهدت وأكملت:

ـ وحققتله طلبه لكن بشرط، يقتل الأميرات الاثنين، وفعلا قتلهم بدون رحمة واتلعنت إركالا من اليوم ده، وسحر الملعونة حل بالأرض، ولازم كل سنة في المعاد ده لمدة ثلاثة أيام أي طفل يتولد فهو ملعون ولازم يتسلم قبل اليوم الثالث؛ لأن الساحرة بتظهر بس يوم واحد في السنة، والملك أمر أن كل الأطفال اللي اتولدت الثلاث أيام يتسلموا للقصر الملكي؛ عشان يتسلموا قربان لما تظهر الساحرة، اليوم الأخير في الثلاثة أيام، عشان يعيش للأبد.

وكلنا عايشين هنا في إركالا النهار مفيش ليل أو معندناش حاجة اسمها نوم، عايشين نسعى ونشتغل ونتعب، واللي يوافق ويسلم ابنه يخدوه أرض الظلام في الراحة، والعز، والسهر، في منا اللي بيخلف عمد عشان يسلم ابنه ويروح للنعيم، واللي يرفض يسلم ابنه يضحى بحياته مكانه، ويكون مصيره لحارس البوابة.

ثم يسقط أحمد على الأرض من شدة الألم ويسمع صوت صرخة مرتفعة جدًا ويضع يده على أذنه، لكن شمس تسمع الصوت ولا يحدث معها شيء، ثم تسرع إليه لتساعده وتقول:

_روزالينا.

ثم يختفي الصوت ويبدأ يوازن نفسه، وتساعده على الوقف:

_أنت كويس؟

_أيه الصوت ده؟

أجابته:

_ده اليوم الأول معاد فتح البوابة، أول يوم عشان تنزل إركالا، وبتصرخ نفس الصرخة أخر يوم لما البوابة بتفتح عشان تغادر إركالا.

علم أحمد أن تلك النوبة تأتي إليه بسبب تلك الصرخة، ثم تحدثت شمس:

_أنت مين؟ أزاى نزلت النهر؟ ده ملعون اللي يقرب منه يموت، وأنت الغريب أنك نزلت والنهر وجهك إلى الجهة الأخرى، ازاي ده حصل؟ حتى لونك متغيرش أنت مين؟

سألها متعجبًا:

_مش أنتِ اللي أنقذتيني؟ أنا شوفتك، وازاي لوني متغيرش مش فاهم؟

أجابته:

_لا أنا كنت واقفة وشوفت النهر رفعك على الشاطئ، وقتها جيت عندك، ولونك الساحرة عشان تفرق بين أهل النور والظلام جعلت الرجال في أرض النور مثل سواد الليل، والنساء زي بياض الثلج، وأي غريب بيجي إركالا النهار يتحول بعد ساعات من وجوده في

الأرض والسحر الملعون يصيبه، لكن أنت متغيرتش والنهر نجاك أنت مين؟

أجابها في دهشة:

_أنا أحمد دكتور، بصراحة أنا نفسي مش عارف أنا مين وجيت هنا بحاول أعرف، صدقيني معرفش.

ثم نظرت له متعجبة:

_أنا جبتك هنا وحكتلك كل ده محتاجاك تساعدني، وأنا أوعدك أني أساعدك تعرف أنت مين.

_أكيد هساعدك لكن محتاجة مني أيه؟

قالت:

_أنا بقالي سنين بحاول أنقذ الأطفال لكن مش بعرف؛ لأن أي طبيب بيجي في ولادة طفل بيبلغ عنه طوال الثلاثة أيام.

_أنا فهمتك، وأنا مستعد أنقذ الأطفال لو كلفني حياتي من غير ما تطلبي مني.

ثم ابتسمت وامتطت الحصان وهو نفس الشيء وبدأوا في العودة، ونزلت عند النهر وقبل أن تغمض عينيها نظرت إليه:

_لكن أنت مش هينفع تمشي كدا في المدينة هيكشفوا أمرك.

ثم بدأ ينظر، ثم خطرت له فكرة وأمسك حجرين وبدأ يحكهم؛ ليشعل نار حتى أشعلها وتنظر له في تعجب:

_أنت ساحر ازاي عملت شمس من حجرين؟!

أجابها:

_دي نار أنتِ مش تعرفيها؟

_نار يعني أيه، وتحاول الإمساك بها تحرك يدها، وترجع على الفور.

_لالا دي نار للطبخ والإضاءة بس متقربيش منها عشان مش تأذيكِ.

وبدأ يقطع الأخشاب ويضعها على تلك النار؛ حتى تزداد، يجلس ينتظرها تنطفئ حتى انتهت، ثم أخذ رماد الخشب، وبدأ يلون نفسه باللون الأسود، تنظر له شمس في دهشة ثم ينظر لها ويبتسم:

_كدا محدش هيفرقني عن أهل المدينة، ثم تبتسم وتغمض عينيها؛ لتتخطى النهر، وهو يذهب إليها ويمسك يدها، وهي تنظر إليه، ويبتسمون ويغمضون أعينهم، ويرتفعون إلى أعلى، ويتخطون النهر، ثم يحتضنها في الأعلى ويهبطون على الجهة الأخرى في بطءٍ شديد، ويفتح عينيه وهي الأخرى، ويتبادلون النظرات الطويلة، ينظر فى عينيها ويقترب منها؛ ليقبلها حتى ينتفض من صوت الحصان، وهى ترجع إلى الخلف، ثم يقول في خجل:

_أنا آسف جدًا.

تحدثه محاولة أن تتجاهل:

_يلا لازم نتحرك الجنود في المدينة بيروحوا لكل واحدة ، لازم نروح قبلهم ونحاول ننقذ الأطفال، ثم امتطت الحصان وركض بها، ويضع أحمد يديه على رأسه، ويحرك في شعره ويقول:

_أنا ازاي أعمل حاجة زي دي؟

ثم يمتطي الحصان ويذهب خلفها، وعند وصول المدينة وجدها تقف في انتظاره، ثم قالت تعالى معي، وأعطته ملابس مثل الذي يرتديها في المدينة، وارتداها وبعدها بدأوا بالتحرك، ثم أخذته عدة بيوت ويفعلون

مثلما فعل مع ابن أخيها، وينقذ الأطفال وبعدها يقفون في شوارع المدينة يضحكون فرحًا؛ لإنقاذهم الأطفال، حتى يجد الجنود يمرون ومعهم بعض الأطفال الذي حماهم من لحظات، ومن بينهم ابن أخو شمس الذي تحول لونه أسود مثل باقي المدينة، ثم تركض له شمس وتترجى الجنود؛ كي يتركوه لكن لا جدوى، ويزيحونها من أمامهم، وكانت على وشك السقوط، لكن يسرع أحمد يمسكها قبل أن تقع، ثم يقول لها:

ـ أنتِ كويسة؟

تهز له برأسها، ثم يقف ويكلمه قائد الجنود من الخلف:

ـ كيف تجرؤ على الوقوف أمام جنود الملك.

ويرفع كرباج ؛ لضربها لكن يمسكه بيده قبل النزول عليها، ثم يلتفت إليه في بطءٍ، ويلف الحبل على يديه ثم ينظر في عينيه، ثم يسحب الكرباج من يده بقوة، ويلكمه في وجهه لكمة قوية تتسبب له في السقوط على الأرض، ثم يقترب منه العديد من الجنود حاملين لسيوف، وهو لا يوجد معه سوى عصا، كانوا يلتفون حوله في دائرة، ويهجمون عليه دفعة واحدة بالسيوف، وهو يرفع العصا يتلقى كل السيوف ويضغط على أسنانه، وبكل قوته يصدهم، ويرفع إلى أعلى حتى يسقطوا جميعهم، ثم يقف واحد تلو الآخر وهو يضربهم ولا يرحم أحدًا، حتى نظر إلى من يقف بجوار عربة الأطفال هرب على الفور، بدأ أهل المدينة يهللون فرحًا، ومنهم من يقول: أيها المجنون سوف نموت جميعًا من وراء فعلتك هذه، ثم يسمع صوت جنود من بعيد، يسرع على شمس يمسك يدها ويركض، والجنود يقولون إنه هناك الحقوا به، وظلوا يركضون ولم يتوقفوا حتى اختفوا عن أنظار الجنود تمامًا، ويقف يحاول التقاط أنفاسه، وينظر إلى نفسه في تعجب ويقول:

_أنا عملت كدا ازاي؟

وشمس تنظر إليه ولم تقل حرفًا، احتضنته بشدة كأنها تشكره على الذي فعله، وهو كان مصدومًا، ثم يرفع يده ويحتضنها هو الآخر، وبعد عناقٍ طويل يعودوا إلى المنزل، يجد سحاب يبكي وزوجته، ويعرفون منهم أنهم أخذوا الطفل، ثم تنظر شمس وتقول:

_أنا هفديه بحياتي وهروح ويبعتوا الطفل، ثم يقف أحمد:

_شمس أنتِ مجنونة استنى، أنا هروح وهرجع الأطفال كلهم، ثم نظر إليه سحاب:

_لكن دول في أرض الظلام، ومفيش حد بيقدر يعدي من ستار الفاصل من أهل النور أو حتى الغرباء، وأنت بقيت من أهل النور بعد ما جيت هنا وصابتك اللعنة.

قال أحمد:

_لكن أنا اللعنة مصابتنيش، وبدأ في مسح وجهه من الطلاء، وينظر له سحاب في تعجب:

_غريب جدًا ازاي؟!

ثم قال أحمد:

_بتهيألي أنا متصابتش بلعنة واقدر أروح أرض الظلام.

ثم وصف له الطريق للذهاب، ومكان الستار الفاصل بين المدينتين، وخرج أحمد من المنزل، وخرجت خلفه شمس:

_لا يا أحمد مش هسمحلك تروح.

ويجد في عينيها الكثير من الدموع، يمسح دموعها:

_هرجع عشان النظرة دي أوعدك هرجع، وتركها وامتطى الحصان وهي تقف بجوار المنزل حزينة وتبكي، وهو يركض بالحصان وهو يقول: إذا كان هذا مقابل هذه النظرة أنا مستعد لأي شيء.

حتى يذهب إلى المكان كما وصفه له سحاب، وينزل من فوق الحصان وينظر إلى ذلك الحاجز، كان ضوءًا شديدًا ثم يتقدم، قبل الدخول يسقط على الأرض من ضربة قوية فوق رأسه، وعندما يفتح عينيه يكون في غرفة معتمة، ثم يقف ويرى شاب في نفس عمره، كان أسود الوجه مثل باقي أهل المدينة، النور يجلس على مقعد ثم يتحدث:

_أهلًا يا بطل شوفتك وعرفت عملت أيه في الحراس، ومشيت وراك وعرفت كل حاجة وسمعتك وأنت بتتكلم مع شمس، ثم سأله:

_أنا فين؟ وأنت مين؟ والمهم عاوز مني أيه؟

_أنا معاك مش ضدك، أنا بحاول أحميك.

_تحميني من أيه، وأنت مين؟

_أنا نور بحاول أحمي الأطفال، وبمنعهم دخول في أرض الظلام، لكن أول ما بيدخلوا مبنعرفش بيحصل فيهم أيه، أنا معرفش أنت مين، لكن عرفت أنك الوحيد اللي اللعنة مش صابته، دي أول مرة تحصل لكن احنا محتاجينك تساعدنا.

ثم بدأ يتقدم في ذلك المكان الغريب، ثم ذهب معه أحمد عندما زاح ستار وكان مصنوع من ورق الأشجار، ثم يرى أحمد الكثير من الناس يصنعون السيوف وأدوات القتال، ثم تحدث أحمد:

_يا ألله أيه المكان ده؟

_ده نفق تحت الأرض أهل المدينة صمموه عشان نغزو الملك، ونحارب ونحرر أرضنا، ونرجع إركالا كما كانت من قبل، لكن مش هنعرف من غيرك.

ثم سأله:

_أنت عاوزني أعمل أيه؟ وكان ينظر إلى العاملين هناك، ثم يلتفت إليه في غموض:

_تقتل الملك.

_أيه؟! لكن أنا هدفي أنقذ الأطفال مش أقتل حد.

قال نور:

_أنك تنقذ طفل واحد عشان وعد شمس؟ ولا تنقذ مدينة بأكملها وآلاف الأطفال من الملك المغرور؟ صمت أحمد قليلًا، وبعدها نظر إليه:

_أنا ممكن أتكلم مع الملك.

حتى قطع كلامه صوت دخول الكثير من الجنود، وبدأ القتل في الأسفل، ويقتلون الكثير من الناس، ثم يأخذه نور ويقول له: هيا بنا.

ويخرجه من النفق من ممر سري؛ حتى يركضوا إلى أن وصلوا إلى ذلك الحاجز، ويحاول نور العبور أمام أحمد، لكن لا يستطيع الدخول، يصده مثل حائط وقال له:

_مفيش حد يقدر يتخطى الحاجز ده بسبب اللعنة، محدش من أهل النور يقدر يروح القصر، أو يدخل أرض الظلام، لكن أنت لو اللعنة مش صابتك هتقدر تعدي.

حتى يقترب أحمد بخطواتٍ بطيئة؛ لتجاوز الحاجز، حتى يأتي جندي من بعيد يحاول قتله بسهم، ويراه نور، ويلقيه بخنجر ويأخذ السهم بدلًا

من أحمد، ثم يسقط الجندي، ويسقط نور قبل تجاوزه، يسرع إلى نور ويمسكه قبل أن يسقط ثم قال:

_متخافش أنا هعالجك.

ثم يرفض نور ويريده أن يذهب:

_لا أنت لازم تكمل وتنقذ المدينة، يرفض أن يذهب ويتركه، حتى يسمع صوت الجنود قادمين:

-أمشي أنت تقدر تحرر الأرض، أمشى وأنا هكون كويس بسرعة، حتى سمع صوت جنود قادمين فأسرع وتخطى الحاجز، ثم يقول:

_هرجع وهحرر المدينة أوعدكم.

ثم ينظر أمامه يرى مدينة الظلام بدأ يتقدم، وينظر إلى أهل مدينة الظلام يجدهم طبيعين مختلفين الأشكال، يلبسون ملابس مختلفة، ويبدو عليهم الثراء، وكانو يحتفلون وبعدها بدأ يتقدم ينظر، ويتأمل حتى يرتطم في رجل يقرب سن والده كمال:

_انا آسف.

أجابه:

_ولا يهمك. ثم سأله عن الاحتفال.

_أنت مش عارف النهاردة أيه؟

ثم سأله متعجبًا:

_لا معرفش أيه سبب الاحتفال؟

_النهاردة حفل نجاة إركالا، بنحتفل لمدة ثلاثة أيام، واليوم أول يوم.

ثم سأله في تعجب:

_نجاة إركالا؟!

_أنت مش عارف إن ازاي اليوم ده كان ممكن إركالا تنهار بسبب الساحرة؟ لكن ملكنا حكيم قدم لها قربان عشان نجاة إركالا، ومش تتنافى إركالا، وأول قربان قدمه كان أولاده، ضحى بيهم عشان تحيا إركالا.

ثم اندهش وسأله في تعجب:

_ضحى بأميراته عشان المدينة يعنى مش عشان يعيش إلى الأبد؟

أجابه:

_ لا مش صحيح، ملكنا ضحى بأميراته الاتنين علشان إركالا.

بدأ يفكر أحمد في الأقاويل التي سمعها من شمس، التي يقولها في أرض النور، وذلك الرجل وعما يُقال في أرض الظلام، ولا يعلم أيًّا منهم الحقيقة، حتى يقطع شروده دق الطبول ودخول عربة الأطفال الصغار، وأهل المدينة يصيحون فرحًا ويرقصون، والأطفال يبكون، حتى يلحق بهم إلى وصولهم أمام القصر، كان كبيرًا جدًا ومظلم، يقف قائد الجنود ويقول: الملك سوف يُلقى كلمة، وكان يقف في أعلى القصر ويرفع صوته؛ لكي يسمعوه: يا شعبي، يا أهل إركالا، جاء يوم الاحتفال مثل كل عام من أجل حماية إركالا، نقدم الأطفال قربانًا؛ لنحيا في سلام.

ثم يصيح أهل المدينة مهللين تحيا إركالا، ويحيا الملك، بدأ أحمد يتقدم يريد رؤية الملك، لكن لا يستطيع، ثم يقول أريد الذهاب إلى الملك للحديث معه كيف؟ حتى ينظر خلفه على ذلك الجندي الذي كان يريد ضرب شمس، حتى يمسك به ويقول :هل كنت تظن أنك سوف تنجو بفعلتك؟ ولكمه وبدأ يهرب، لكن لم يستطع، حاصروه الكثير من الجنود، ثم أخذوه إلى القصر وألقوا به على الأرض، في مجلس الملك،

لكن يحاول رؤية الملك كان جالسًا على العرش من بعيد، والمكان مضيء إلا العرش مظلم، ولا يراه يسمعه فقط، عندها تحدث قائد الجنود: مولاي هذا الرجل من كان يحاول أن يُخفي علينا الأطفال.

ثم قاطعه أحمد:_مولاي أرجوك اسمعني.

ثم يصيح الملك به: اخرس أيها الوغد كيف تجرؤ على إعصاء أمري، أيها القائد.

أجابه :

_أمرك مولاي.

_ألقِ بذلك الخائن في الجزيرة السوداء.

انحنى له القائد مطيعًا لأمره، ثم لا يعلم أحمد ما سوف يكون مصيره، حتى أخذه القائد وكان يترجى الملك أن يسمعه، لكن بلا جدوى ويأخذه القائد إلى السجن ويقول له: كيف لى أن أتركك قبل أن ألقنك درسًا على ما فعلته بى؟ ثم يذهب عليه؛ لضربه لكن أحمد من يضربه بقوة، ويسقطه على الأرض، ويلقنه درسًا لن ينساه على دخول الجنود ويضربه بكل قوتهم، ويقف القائد وكان وجهه مليئًا بالدماء، بدأ يركله برجليه ويقول أيها الوغد حتى يفقد الوعي، ثم يأمر الجنود أن يلقوا به في الجزيرة السوداء، ثم يفتح عينيه يكون في مكانٍ مظلمٍ واسعٍ جدًا مثل غابة لكن تبدو مخيفة جدًا، ثم يبدأ في التوازن وينظر أمامه يرى نفسه في أرضٍ واسعة أشجارها محترقة، ولا يوجد فيها أي خضار، كانت مثل الأرض الميتة أمامه، والقصر من خلفه، وفجأه ترتطم قدمه في شيءٍ ما، ينظر إليه، كان هيكلًا بشريًا ثم ينتفض، وينظر حوله يرى في كل مكان هياكل بشرية، وكأنها تحدثه أن هذا سيكون مصيره، حتى يرى شيئًا من بعيد يتقدم إليه، كان يشبه البشر لكن ليس بشريًا؛ كان له عينٌ واحدة بيضاء، وقلبه منزوع من مكانه، وكان جلده شبه مسلوخ،

صرخ أحمد من الذي يراه، علم وقتها أن هذا حارس البوابة، حتى يركض باتجاهه ذلك الوحش، وكان أحمد لم يتحرك من مكانه، كأنه مصدوم من ذلك المنظر، وقبل أن يصل إليه الوحش ركض بعيدًا، وعرف وقتها أنه لا يرى لكن يسمع جيدًا، ويذهب باتجاه الصوت، وبدأ يقول لهذا يلقيان إليه أطفال، حتى يرى يذهب على صراخهم؛ كي الجنود يدخلون من بابٍ سري ويلقون رجلًا ويذهبون، وعندما صرخ عندما رأى الوحش ذهب الوحش عليه مسرعًا، وقام بقسمه نصفين، وبدأ في أكله وكان أحمد مصدومًا، وبدأ يمشي في بطءٍ بعد أن خلع حذاءه، ويتقدم في بطءٍ شديدٍ للوصول إلى ذلك الباب الذي رأى الجنود يعدون منه، ويتقدم من جانب ذلك الوحش ببطءٍ شديدٍ، وينظر له وهو يأكل أحشاء الرجل، وكان أحمد على وشك التقيؤ من هذا المنظر المقرف ولا يقف، كان الباب بجانب ذلك الوحش، اقترب من ذلك الباب ويبتسم؛ لوصوله إلى الباب الذي يبعد عنه شبرًا واحدًا، وعندما تقدم يدهس على حجر صغير حاد يفوت في قدمه، ولم يتحمل فبدأ يصرخ، حتى يصمت بسرعة وينظر إلى الخلف، يجد الوحش قادم إليه وهو لا يستطيع التحرك، حتى يغمض عينيه مستسلمًا حتى يأتي صوت من بعيد، ثم يفتح عينيه يجد الوحش يذهب في اتجاه ذلك الصوت، ثم يرى شخصًا من بعيد يحاول إنقاذه؛ لهذا فعل ذلك الصوت، ثم يجلس ويخرج ما بقدمه، حتى يأتي إليه الشخص الذي أبعد عنه الوحش، وكان يضع غطاءً على وجهه، ويقترب منه في غموض ثم يمسك أحمد بحجر من جانبه ولا يعلم من هذا، أهو وحش أم بشري؟ حتى يقترب منه ويرفع أحمد يديه بالحجارة؛ ليلقيها عليه حتى كشف عن وجهه، وتراجع وقال في تعجب:_خالد!

ثم يضع يده على فمه؛ لإسكاته ويكلمه بلغة الإشارة؛ ليذهب معه ثم يساعده ويتعاكز عليه، ويذهب معه حتى وصلوا إلى الشلال وبدأ في الحديث:

_هنا ممكن تتكلم عادي.

ثم نظر إليه أحمد في تعجب:

_أنت ازاي جيت هنا؟ أنا شوفت الأرض وهي بتدفنكم.

أجابه:

_لما العربية نزلت بينا أنا استسلمت للموت وغمضت عيني، وبعد ما فوقت لقتني في العربية لوحدي، دورت على أخواتى وأبويا لكن ملقتهمش، وفجاءة شوفت الوحش ده خرج من بوابة كبيرة، اترعبت، لكن كان فيه شخص من بعيد وأنا فكرته حد منهم ولما روحت عليه قبل ما أقرب صرخ، والوحش قسمه نصين بأيده اللي على هيئة سيف، وقتها كنت جنبه وعرفت أنه أعمى، وبيروح على الصوت لكن أنا بحاول أعرف احنا فين لكن معرفش.

حتى وقف أحمد وبدأ يتحرك خطوات ويقف، وينظر إلى الشلال، ثم يقول:

_لكن أنا أعرف.

سأله يذهب له خالد في لهفة:

_بجد أنت عارف احنا فين؟

ثم يجاوبه وهو يُعيد النظر إلى تلك الجزيرة السوداء ويقول:

-هي دي أرض المنفى.

ثم ينظر كلاهما إلى تلك ، والوحش يقف ويصرخ ثم يسقط أحمد ويمسك رأسه من الألم الشديد، لكن خالد يسمع صراخه لكن لا يحدث له شيء، حتى تصمت ويذهب الألم تمامًا، ويبدأ في توازن ، ويجلس لا يعرف كيف سيخرج من هذه الجزيرة الملعونة، ثم يتذكر شيئًا ثم يتمتم:

_الخريطة، خالد الخريطة، العربية فين؟

نظر إليه في تعجب:

_موجودة لكن..

ثم نظر على الجزيرة في اتجاه الوحش ثم قال:

_هناك.

نظر إليه أحمد، لازم نروح هناك فورًا.

_أنت مجنون؟! الوحش هناك.

_اسمع الخريطة دي على كلام والدك أنها كانت معايا لمَّا لقاني، أكيد هتوصلنا لحاجة، خالد أنت مش عارف أنا واجهت أيه، وأيه اللي شفته، لازم أنقذهم، في ناس محتاجة مساعدتنا لازم أوصل للعربية في أسرع وقت، مش قدامنا وقت طويل المدة ثلاثة أيام بس، لازم أحاول وخلاص، اليوم الأول على وشك الانتهاء.

_أنا مش فاهم حاجة لكن أنا معاك وفي ضهرك يلا بينا.

ثم بدأوا في الرجوع إلى أرض المنفى، وعندها كان الوحش أمامهم بجانب السيارة، وكانو يتقدمون في بطءٍ حتى وصل أحمد إلى السيارة، وكان بالقرب منه جدًا، حتى يقف الوحش أمامه مباشرة، ويقتربوا من الوحش، وأحمد يحاول كتم أنفاسه، وينظر إليه كم هو مخيف بدون عين

وقلبه منزوع من مكانه، كان يقترب منه وكأنه يسمع شيئًا، وكان يشعر بالخوف الشديد، حتى فعل خالد صوت من بعيد وذهب الوحش مسرعًا تجاه الصوت، وبدأ خالد في الركض، وركب أحمد السيارة وبدأ في تشغيلها، لكن لا تعمل، ويسمع الوحش المحرك ركض باتجاه السيارة، ويصيح خالد صارخًا للوحش: أنا هنا أيها الوحش، لكن الوحش يذهب على الصوت الشديد ويذهب باتجاه أحمد وهو يحاول تشغيله مرة تلو الأخرى، لكن لاتعمل، وكان الوحش يركض إليه بكل سرعته، وكان على وشك الاقتراب منه، لكن قبل الاقتراب، يعمل المحرك وتتحرك السيارة بسرعة، ويحاول الوحش الإلحاق به، ويقفز فوق السيارة، يسمع أحمد صوت على أعلى السيارة، ثم يُدخل يده التي على هيئة سيف إلى الداخل من سقف السيارة، لكن يأتي بين أحمد وكلكس السيارة، حتى يسرع أحمد بسرعة مائة وثمانين، ثم يقف بسرعة حتى يقع على الأرض، ثم يعود بسيارة إلى الخلف، ويركب خالد على المقعد بجانبه، ويركض خلفهم الوحش لكن يذهبون في اتجاه الشلال حتى يعود الوحش أدراجه، ثم يقفون ويبتسمون أنهم هربوا منه وخدعوه، حتى يخرج أحمد الخريطة من حقيبته، ويحاول فهم شيء، لكن الخريطة لا يوجد بها سوى صحراء وشجرة، ويوجد خطوط حمراء إلى آخر الخريطة مثل الطريق، وفي آخره حجر على شكل جمجمة وعليها علامة إكس، يحاول فهمها لكن لا يعرف، ويجلس ويحاول حل ذلك اللغز، ولا يعلم من أين يتجه، وظلوا يفكرون، مرت ساعات، لكن لا يعرف وخالد فقد الأمل، وذهب فوق السيارة ونام فوقها، وينظر إلى السماء، ثم ينظر إلى الوحش في تلك الأرض، حتى يرى شيئًا وهو ينام على ظهره، ويركض إلى أحمد ويقول له: _أحمد تعالى بسرعة.

ذهب له: _أيه في أيه ؟

_بص.

ينظر أحمد ولا يرى أي شيء ثم يقول: _أيه يا ابني في أيه؟ الوحش ما أنا شوفته قبل كدا، وبعدين أنت شايف ازاي وأنت نايم كدا؟

ثم وقف خالد وقال:

_يا ابني افهم وتعالى نام زيي بس.

نظر إليه في تعجب:

_أنت بتبصلى كده ليه؟ ثم يمسك بيه وجعله ينام على ظهره ويرى الأرض من المقلوب، يرى ذلك الجدار المرتفع على شكل جمجمة كبيرة حتى ينظر إليها ويُعيد النظر إلى الخريطة، ويقلب الخريطة حتى يجد الخريطة تبدأ من الجمجمة، وعليهم الذهاب على الطريق؛ للوصول إلى تلك الأشجار، وبدأ في الرحلة، ولا يعلم ما سيكون في نهايتها، وابتعدوا كثيرًا عن الجزيرة السوداء التي تكون أرض المنفى، حتى توقفت السيارة علقةً، ويحاول أحمد أن يخرجها لكن علقت، ثم ينزل من السيارة، ينظر إليها يراها عالقة في الوحل، ولا يستطيع التقدم بالسيارة، أخرجها حتى نظر إليه خالد:

_أحمد بص.

ثم ينظر أمامه يرى الشجرة الكبيرة الموجودة في آخر الخريطة، ثم يضحك ويحتضن خالد من السعادة لوصولهم:

-وصلنا يلا هنكمل مشي مفيش وقت.

وبدأوا في التقدم في ذلك المكان المهجور، وصوت الغراب الذي فزعهم، مكان يشبه جزيرة الأشباح من العتمة والأصوات الغريبة، ثم قال خالد خوفًا:

_أحمد أنا خايف أيه المكان الغريب ده.

ضحك أحمد:

_ده غريب أمال لو شوفت اللى أنا شوفته، متخافش أكيد في حاجة هنا؟

وعند اقترابهم من الأشجار يسمعون صوت ذئب من الخلف، ينظروا إليه، يجدوه ذئب عملاق، يصرخ خالد ومعه أحمد، ويحاولون الركض حتى يقترب منهم ويقفز لكن فوق أحمد بأسنانه الضخمة ينوح عليه، وكان أحمد يغلق عينيه بخوف، ويضع يديه فوق على رأسه حتى يرى في يديه الخريطة ثم يتراجع الذئب ويتكلم:

_أنت مين؟

ويفتح عينيه حتى يجده تحول إلى بشري ويقول له:

_من أين أتيت بهذه المخطوطة؟

ثم يقف أحمد ويقول:

_أنا غريب وجيت هنا عشان أعرف أنا مين، الخريطة دي كانت معايا.

حتى نظر إليه الرجل وقال:

_آثار هذا أنت؟

تعجب أحمد ولم يفهم عليه، حتى انحنى الرجل إليه وقال:

_مولاي لقد تأخرت، انتظرتك كل هذه السنوات وها قد أتيت.

_مولاك؟! انا مش فاهم حاجة؟

أجابه بعد وقوفه:

_أنت مش عارف أنك الملك؟

نظر أحمد متعجبًا وخالد أيضًا، بدأ الرجل في الحديث:

_كان هذا منذ زمان طويل، الملك لم ينجب أمير، كانت الملكة تنجب صغير، لكن كانت في أسوأ حالاتها ومكنش قدامها غير (روزالينا) الساحرة الملعونة، وأول ما دخلت إركالا الغيوم السوداء، خفت السماء طلب منها الملك تنقذ الملكة، لكن وضعت شرط أنه لن يصبح له أميرًا أبدًا وهو من يُنهي هذه السلالة، وافق الملك لكن قالت: إن خلفت العهد ستحتل إركالا حتى أنجبت الملكة أميراتها وكبرت الأميرة، حتى أصبحت في الثمانية عشر، وكانت الملكة حامل في ذلك الوقت، وفي ذلك اليوم كان زواج الأميرة، وكانت ولادة الملكة، وأنجبت أميرة أخرى، حتى مر شهور على زواج الأميرة وأصبحت حامل، حتى أنجبت أمير وكل المدنية مهللة أن سيكون والي؛ لأن قانون إركالا الملك يكون من السلالة الملكية لكن لم يعجب (روزالينا)، وعندها أتت وقتلت الملك والأميرات، واحتلت الأرض، لكن قبل قتل الأميرة أعطتني تلك الخريطة، ربطها بين خصر الملك الصغير، وأخذه والده وذهب به مسرعًا، لكن روزالينا علمت أني من هربتك، فحولتني إلى ذئب، وأتت بي إلى جزيرة (أوكيجاهار).

كان أحمد مصدومًا ولا يصدق كل هذا الكلام :

_أنا مش فاهم حاجة أنت تقصد أني أنا الملك ؟

أجابه:

_أيو أنت الملك، أنت الوحيد اللى هتقدر ترجع إركالا كما كانت.

سأله في دهشة:

_طيب لما الملك مات مين اللى أنا شوفته في القصر؟

_روزالينا موهوبة في تقمص الشخصيات، ومن المؤكد أنها متقمصة شخصية الملك، وخدعت المدينة.

ـ يعني الخريطة دي آخرها أنت عشان أنقذك ولا أيه؟

معرفش فيها أيه لكن أكيد في حاجة تانية هي تقصدها مش أنا، ثم بدأ تفكير، وتقدم في ذلك المكان حتى رأى من بعيد شلال ماء على شكل نجمة ثم سأله:

ـ أيه المكان ده؟

ـ ده مكان الساحرة روزالينا، أنا حاولت أكتر من مرة أدخل لكن مقدرتش أدخل، البوابة بتمنعني.

ـ لكن أنا لازم أروح هناك وأشوف هتمنعني ولا لأ.

ـ مستحيل تقدر تدخل مولاي البوابة ملعونة.

ثم يتقدم أحمد ولا ينصت إليه، ويتخطى النهر على حجارة، يقفز من حجر تلو الآخر حتى وصل لتلك الفجوة، ثم ينظر خلفه، وكان الرجل وخالد ينظرون إليه في لهفة، حتى تقدم أحمد ودخل، ولم تمنعه كان الرجل في ذهول ثم ضحك:

ـ إنه الملك الحقيقي.

كان أحمد داخل الكهف، لايوجد به ماء كان مضيء وينظر إلى جمال المنظر بالداخل حتى يتقدم، حتى يجد شيئًا يمسك به معه خنجرًا، حتى ينظر لها وهي تقول:

ـ آثار لقد أتيت، تخلع عن وجهها وتكون امرأة شعرها أبيض لكن لا يبدو عليه العجز، ويقول:

ـ أنتِ مين؟

ثم تحتضنه بشدة وتقول: كنت أعلم أنك سوف تأتي يومًا ما، أنا سعيدة لأنك حي يا صغيري.

ثم قال في دهشة:

ـ صغيرك؟! أنتِ مين؟

أجابته وهي تبكي:

ـ أنا أمك يا أميري الصغير. احتضنها بشدة ثم قال:

ـ قالولي إنك موت، ثم نظرت إليه وقالت:

ـ ده كله أنا السبب فيه، وبدفع تمن غلطي

ـ سألها:

ـ غلطك أنك خلفتيني؟

أجابته:

ـ لا يا صغيري أنت أجمل حاجة حصلت، الموضوع كان من زمان، كانت الملكة تحملني في بطنها، وكنت مريضة جدًا الملك مش وجد حل غير الساحرة، وذهب إليها من أجل حمايتي وسلامة الملكة، لكن طلبت منه شرط أنا أعيش معاها إلى أن أتم عشر سنوات، ووافق الملك، وعشت معها وبعد فوات الوقت المحدد رجعت المدينة، كنت أحبها جدًا لكن عندما حملت الملكة مرة أخرى.

قطع كلامها.

ـ عارف الحكاية وأنه أتفق مع الساحرة عشان كدا احتلت إركالا.

قالت:

ـ ده اللي الكل عارفه لكن الحقيقة غير كدا، كان في شرط تاني أن أمك لا تنجب أميرًا، وإذا أنجبت أميرًا خلف العهد، كنت في السابعة عشر

من عمري، كانت أمي تحمل في صغير جديد، وأنا كنت خايفة يجي ولد والملك يخلف العهد، عشان كدا جيت هنا وبدأت أدور على الساحرة، لكن لما جيت هنا وطلبت منها أنها تلغي العهد اللي بينها وبين والدي الملك كان ردها موافقة لكن بشرط، هتبعتني كهف مسحور هينقلني على عالم آخر، وأجيب منه أشخاص وأسلمهم إليها، وروحت الكهف وبقيت أجيبلها ناس من الكهف ده، أخرج إلى المدينة، وأسحبهم بجمالي، وللأسف كان سهلًا جدًا، وأجيبهم على الصحراء، هي قالتلي مش عليكِ غير إنكِ تجبيه للمكان ده وأنا هتولى أمره كان يوم واحد بس فى سنة حتى لقبوني فى المدينة بالنداهة، وجبتلها ناس كتير لكن قالت لي لو خالفتي العهد هقتل الملك وتحتل إركالا وأنا وفضلت كدا أكتر من سنة لكن فى حد اكتشف أن الأرض دي بتخفي الناس فى اليوم ده ولقتهم كل سنة في اليوم ده بيرموا ناس فى الأرض وكان سهلًا بالنسبالي كنت بنزل أقولها إنى جبتلها ناس كتير لكن فى يوم شوفت واحد بيغرق فى التراب أنقذته وجبته إركالا ومقلتش للساحرة أنه من أعلى الأرض وعاش معانا وحبيته واتجوزنا ولما أنجبت أميرًا قالت لى أنتِ خلفتي ولي العهد سلمي لي ابنك عشان أغفر لك لكن أنا رفضت وديت مرجان الخريطة اللي هيا رسمتها لى عشان بتوصل لجزيرة اوكيجاهار وبعدين

قلت له هرب الأمير وقتلت الأميرة والملك والملكة واحتلت العرش لكن سجنتني.

سأله أحمد:

_وليه سجنتك وهى تقدر تقتلك؟

إجابته _لأن يوم أتفق الملك و تعهد معاها قالها شرط إني أفضل عايشة هى متقدرش تقتلني .

ثم يفكر أحمد ويقول، سمعت من أهل أرض النور قصة ومن أرض الظلام قصة ومن وزير القصر قصة لكن ولا قصة منها هى الحقيقة، كلها أكاذيب، لا تصدق ما يقال إلا من صاحب المقال غير ذلك فهي ثرثرة وأكاذيب، حتى لو كان من يقول هو الجار الموصول، حتى قاطع شروده الملكة تقول :

_لكن الملك وقتها حاول أنه ينقذ المدينة فاستعان بساحر صنع له سيف يقتل به الساحرة لكن حذره أن السيف ده تابع للملوك فقط حتى الساحرة مش تقدر تلمسه إلا إذا الملك سمح لها ولا يقدر يلمسه غير الملك الحقيقي هو اللى يقدر يقتله به لكن الملك قبل ميقتلها الساحرة أخفت السيف لأن ده سيف موتها السيف المسحور ومحدش يعرف مكان السيف فين، الساحرة بس اللى تعرف مكان السيف.

ثم يقول أحمد :

_يعني لازم ألقي السيف عشان أقدر أقتل الساحرة وأنقذ الأطفال، ثم يتنفض وهو يقول:

_الأطفال أنا نسيت، باقي يوم واحد بس قبل ما يقدمهم للوحش.

سألته فى تعجب :

_أطفال إيه مش فاهمة.

_حكاية طويلة والوقت بيفوت يلا يا ماما لازم نمشي.

_لكن أنا حاولت كتير لكن مش بعرف أخرج من الشلال، ثم يمسك يدها ويحاول الخروج، وكان خالد والرجل فى الجهة الأخرى ينظرون على الشلال ويقول الرجل :

_مش هيخرج ويفقد الأمل ويلتفت إلى الجهة الاخرى.

وكان ينظر خالد حتى وجده يخرج ويهلل:

_خرج قدر يخرج، وينظر الرجل ولا يصدق عينيه عندما يجد أحمد يخرج وفى يده الأميرة ويقول :

_يا إلهي مولاتي ويركع على ركبتيه، وهى تنظر إليه فى لهفة:

_مُرجان، ثم يقف ويحتضنها ويبتسم أحمد وخالد لا يفهم شيء حتى تنظر إلى خالد وتقول :

_علي، ثم تركض إليه وتحتضنه، وكان خالد فى ذهول ثم يسأل أحمد فى لهفة :

_أنتِ تقصدي أن أبويا هو علي ؟

_اه ده علي لكن ازاي شكلك متغيرش؟

ثم قال أحمد:

_ده مش على ده خالد ابن علي ولو علي والدى يبقى ده أخويا.

ينظر خالد فى تعجب :

_أخوك

_دي الحقيقة ثم يحتضنه، وكانت تدمع عينيهما، ثم يقول مرجان :

_مولاتي كل ده وأنتِ جنبي وأنا مش عارف.

_كل ده كان بسببي أنا وكان لازم أتحمل مصيري.

_أنتِ ملكيش ذنب يا مولاتي وقبل أن تجاوبه الأميرة يقاطعه أحمد :

_مش وقت كل ده خلاص مفيش وقت لازم أنقذ الأطفال وأحرر إركالا

تقول الأميرة:

_لكن السيف مجهول مكانه ومحدش عارف هو فين الساحرة خفياه فى مكان سري .

ويقول مرجان :

_كنت مفكر إن اللى جوه الشلال هو السيف معرفش إنك أنتِ يا مولاتي لكن لو السيف مش هنا هيكون فين ؟

ثم يبدأ يفكر أحمد قليلًا ثم ينظر إلى الحجارة على باب الشلال ويقول:

_أنا عارف السيف فين.

ثم يسألوه فى لهفة:

_عارف فين!

ثم يبتسم أحمد ويقول :

_لازم أرجع حالًا مفيش وقت، لكن ازاي أوصل بسرعة إركالا، ثم تحول الرجل إلى ذئب ضخم أنا أقدر أوصلك هناك ثم امتطاه ونظر إلى خالد ووالدته:

_أنا لازم ألحقهم العربية موجودة أرجع بيها خلي بالك من الملكة لما أوصل تكون ورايا، ثم انطلق الذئب وهو يمتطيه ويمسك في شعره وكأنه لجام وكان شعر أحمد يتطاير وعضلاته التي على وشك القفز من ذراعه، ويسرع حتى وصل إلى أرض المنفى التي يوجد بها الوحش حتى يتقدم الذئب ببطء وأحمد فوقه حتى يقف بجوار ذلك الباب الذي رأى الحرَّاس يدخلون منه حتى يفتح مرة أخرى ليدخل الحرس ويلقوا برجل إلى هناك حتى يقوم الذئب بالهجوم على الجندي وأكل رأسه ويسمعهم الوحش ويذهب إليهم بسرعة، لكن يسرع الذئب ويدخل

ذلك الباب لكن لم يغلقه خلفه ويدخل الوحش من الباب الذي يوصله بالمدينة وكان أحمد يمتطي الذئب ويركض به ويتخطى كل جنود القصر ويقفز من أعلى القصر إلى الأرض يبدأ فى الركض داخل مدينة الظلام والناس تتلاشاه خوفًا حتى وصل إلى الحاجز بين البلدين ويركض لكن يقف الذئب على صوت صراخ من خلفه يجد الوحش داخل المدينة ويذهب تجاه الصوت ويقتل فى أهل مدينة الظلام ويقول أحمد:

_لازم أجيب السيف يلا بسرعة مفيش وقت.

حتى يركض الذئب لتجاوز الحاجز لكن يرتطم به ولا يستطيع أن يتخطاه وأحمد يتخطاه في الجهة الأخرى ويقع الذئب وأحمد يقع فى الجهة الأخرى حتى ينظر الذئب إلى الوحش ويهجم عليه، وأحمد فى الجهة الأخرى يوازن نفسه ويركض حتى يقوم بالتصفير حتى يأتي بجانبه حصان يركض ثم يقفز على عربة ثم يقفز على الحصان ويمتطيه حتى يصيح به:

_هيا حتى يركض الحصان بأقصى سرعة حتى يتوقف بجانب البحيرة التى تقع فى منتصف الحاجز الذي كان على وشك الغرق به ويتذكر نفس بوابة الشلال رأى مثلها فى الأسفل حتى ألقى بنفسه فى البحيرة وبدأ في السباحة ويكتم أنفاسه حتى يجد تمساح تحت الماء ويحاول الوصول إليه حتى يسرع أحمد إلى البوابة والتمساح يركض خلفه لكي يأكله بأسنانه الحادة ويفتح فمه وعلى وشك أكله حتى يدخل بسرعة إلى البوابة ويجد نفسه داخل كهف مثل الذي كانت به الأميرة حتى يجد الملك يجلس على عرش ويوجد بيده السيف يمسكه فى قبضته والسيف يلمع حتى يبتسم أحمد ويقول:

_السيف، ويتقدم إليه وينظر يرى الملك يجلس لكن هيكل لا يتحرك وما أن يمسك السيف يدفعه ذيل أفعى كبيرة وتقول:

_أنت فاكر نفسك هتقدر تسرق السيف.

وتلقي إليه جماجم وتقول:

_بحرس السيف بقالي أعوام فشلوا كل السحرة إنهم يسرقونه ، حتى يقف أحمد مجددًا، قتلها لكن تركله بذيلها مثل الكرة، ويركض إلى السيف لكن تركله مرة أخرى وهو يتألم، ثم تقترب منه وترفع ذيلها بقوة لقتله وتقول :

_دي نهايتك، حتى هو يرفع يده ويقول :

_توقفي، أنا جيت هنا مش عشان أسرق السيف أنا عاوز أنقذ مدينتي ثم تراجعت وقالت :.

_أنت فاهمني وأنا بتكلم ؟

أجابها:

_اه أنا فهمك أنا لازم آخد السيف

سألته فى تعجب:

_لم يتحدث معي من قبل، من أنت؟

أجابها :

_أنا إنسان عادي لكن اتكتب عليَّ أن أنقذ المدينة.

ثم تقول :

_لكن السيف محدش يقدر يخده من قبضة الملك غير الملك الحقيقي، وأزاحت ذيلها بعيدًا عن السيف، وهو بدأ يتقدم حتى أمسك بالسيف

وانتزعه بقوة من يد الملك، وعندما مسكه تحطم إلا هيكل الملك ويرفع السيف إلى أعلى حتى يرفعه السيف إلى أعلى ويلبسه ثوب الحرب كان رمحًا ذهبيًا وانحنت له الأفعى حتى تحولت الأفعى إلى حصان له جناحات.

وكان الذئب يحاول قتل الوحش لكن لا يعرف ويحاول القفز فوقه لعضه لكن يلقيه الوحش على الأرض ويطعنه بيده التي كانت على شكل سيف ويقتله، يصرخ أهل المدينة مرة أخرى حتى يسمعوا صوت الحصان في السماء ينزل إلى الأرض ويقفز من عليه الملك بالسيف ويقول كل أهل المدينة: وصل الملك الحقيقي ويبدأ في القتال مع الوحش، ويصرخ الوحش كلما صاح الحصان وعلم أحمد أن نقطة ضعفه هو الصوت المرتفع ثم يقول لكل أهل المدينة أن يصنعوا صوت كبير، منهم من كان يطبل على الفخار، ومنهم من يصرخ بأعلى صوته والحصان يصيح ، كان يصرخ الوحش ولم يعد يتماسك وعندها ذهب إليه أحمد وقسمه نصفين وقتله، وهلل أهل المدينة لكن أحمد يمتطي الحصان مجددًا ويذهب به إلى القصر، ويذهب إلى العرش ويبحث عنها لكن لم يجدها ويصيح :

_أنتِ فين أنا عارف إنك هنا، لكن لم يجدها حتى تذكر أن البوابة تفتح اليوم فى أرض المنفى وهى على وشك الهرب، ثم يمتطي الحصان ويطير به إلى أرض المنفى ويهبط هناك ويبحث عنها، البوابة لم تفتح بعد

ثم يصيح:

_أنتِ فين أنا مش هسمحلك تهربي، حتى تظهر أمامه محلقة بأجنحة زرقاء تلوح فى السماء :

_أنا هنا كنت عارفة أنك هتيجي واستنيت اليوم ده، ثم امتطى الحصان وطار وكان يقف أمامه ويقول:

_دي نهايتك، خلاص أنا رجعت وهقتلك، ثم ضحكت وقالت:

_عندي ليك عرض ميتعوضش وعارفة إنك مش هترفضه وهتقبل السلام في مقابل، ثم أشارت إلى جانبها كانت نجمة حبيبته مقيضة بالحبال وتطوف في السماء، ثم يقول :

_نجمة، ثم يسرع إليها لكن تختفي وتظهر في مكان آخر ونظر إلى الساحرة وهو ينظر إلى الأسفل:

ايه المطلوب مني.

_برافو أنا كنت عارفة إنك هتقبل بالعرض ده عشان حب عمرك، مش عليك بس غير إنك تسلمني السيف، وتمد يدها وهو أيضًا يقترب ليعطيها السيف وقبل أن يسلمها إياه علا صوت والدته تقول:

_أحمد لا دي ملعونة، تنظر له الساحرة وتقول:

_يلا يا أحمد عشان حب عمرك نجمة، ثم ينظر لوالدته ويقول:

_آسف يا ماما لكن أنا مش ملك أنا جيت هنا بدور على نجمة ومش هخليها تضيع مني تاني ويقترب منها ليسلمها السيف حتى تمسك من يديه السيف حتى تهلل بصوت عالٍ :

_حصلت عليه، حتى تتألم من شيء ما تنظر تجد أحمد طعنها بالسيف ويقول :

_أنا اللى خدعتك ده غطاء السيف لكن السيف معي وتصرخ صرخة قوية وهو يركض بسرعة إلى نجمة، كانت على وشك السقوط على الأرض بعد ما تحررت من القيد الذي كان على شكل غيوم ويمسك بها

قبل أن تقع ويطير بهما الحصان وتصرخ الساحرة صرخة قوية ويقع أحمد على الأرض من الألم الشديد حتى كل السحر الذي كان في المدينة حتى الحصان يدخل البوابة والساحرة تختفي تمامًا وعندها تضيء السماء وتعود إركالا كما كانت ثم يزال الحاجز الذي كان بين المدينة وأرض المنفى، وكان أهل المدينة مهللين من السعادة ويحملون أحمد فوق ظهرهم ويقولون يحيا ملك إركالا عاد الملك حتى ينزلوه أمام القصر ويقول :

_يا أهل إركالا عاد الملك وعاد كل شيء كما كان من قبل لم يعد هناك سحر ولا ساحرة ولا قتل أطفال بعد الآن، حتى تهلل المدينة من السعادة ويرقصون ويغنون ثم ينظر فيرى مرجان يركض عليه :

_مرجان أنت عايش؟

ينحني أمامه :

_مولاي أن كويس الذئب اللي اتصاب وكنت هموت فعلًا لو اللعنة مش راحت، أشكرك مولاي على إنقاذي وإنقاذ المدينة وهو ينحني إليه لكن يحتضنه أحمد ويقول:

_أنا اللى عاوز أشكرك أنت اللى أنقذتني زمان، ثم أبتسم الرجل وأحتضنه وبعدها تأتي الملكة، وينحني أهل المدينة إليها ويقولوا:

_إنها حية.

حتى تحتضن أحمد وتقول:

_لقد عاد أميري وتولى العرش، عاد ملك إركالا.

حتى يرى نور كان يربط يديه ثم يقول أحمد:

_نور واحتضنه ثم قال له:

_أنا مبسوط إني شفتك عايش، ثم قال :

_كنت عارف من الأول إنك الملك ثم خبطه على كتفه وابتسم وبدأ يذهب، ثم توقف ونظر إليه وقال:

_نور

_أمرك مولاي.

_هو ليه أهل المدينة كلهم رجعوا لشكلهم الحقيقي وأنت لسه لونك متغيرش ليه هو أنت ملعون؟

ثم ابتسم نور :

_الظاهر ده كان شكلي الحقيقي، ثم ابتسم وبدأ فى التقدم حتى تراه شمس من بعيد وتبتسم وتتقدم إليه لكن لا تستطيع من الزحام وتحاول الوصول إليه وتناديه لكن لا يسمعها وعند الوصول إليه ترى نجمة تحتضنه حتى تراها ثم تختفي ابتسامتها وتعود أدراجها وعندما تلتفت يبعدها أحمد ولا يقبل أن يحتضنها ويقول :

_أنا مبسوط إنك بخير ،ثم تندهش من رد فعله وتقول :

_فى ايه يا أحمد هو أنا مش وحشتك ثم يتركها ويذهب، وقال أنها كانت أول حب بالنسبة لي لكن عندما ذهبت أطفأت لهيب حبها داخل قلبي من يذهب بلا أسباب لا يعد إلى مكانته مرة أخرى حتى ولو كان هناك ألف سبب لرحيله، ولا تيأس فنصفك الثاني سوف يأتي حتى ولو من عالمٍ آخر اصبر وستنال أكثر ما كنت تتمناه، وبعدها يبحث عن شمس ولا يجدها ويرى سحاب ويذهب إليه كان ملامحه نفسها لكن لونه الذي تغير فقط وقال له:

_سحاب فين شمس

_مولاي أنا سعيد جدًا إنك تعرف شخص فقير زيي

ثم يكرر سؤاله :

_فين شمس؟

_شفتها من شوية ركبت الفرس من هنا ثم ابتسم وقال:

_عرفت هي فين.

وامتطى الحصان وبدأ يتجه إلى البحيرة حتى يسرع بالحصان يقول:

_يلا هتقدر تعملها

ثم يقفز الحصان من أعلى البحيرة ثم يركض الحصان ويتخطى الجبل ثم يقف بجانب حصان شمس وينزل من عليه وبدأت الأحصنة تأكل فى العشب وهو بدأ يتقدم يبحث عنها حتى يجدها تجلس بجوار البحيرة التي كانت تغني عندها فى المرة السابقة لكن هذه المرة يراها مختلفة جدًا شعرها أسمر بشرتها خمرية ثم يقول:

_شمس، تنظر إليه وعينيها مليئة بالدموع وتحاول الركض بعيدًا حتى يركض ويمسك بها قبل أن تركض، ثم ينظر في عينيها ويقول:

_تصدقي كده أحلى بكتير ، ثم نظرت إليه ثم قال :

_هى النظرة دي اللي رجعت عشانها ثم يخرج من جيبه شالها ويقول:

_معايا من أول ما جيت هنا ويعطيها الشال، ثم تبتسم وينظر إليها ويقبلها وهى كذلك، وتعود المدينة كما هي.

الحب الأول ربما يطول لسنين لكن لابد من فراقه الذي يمزق الروح ويقتلنا أحياء لكن الحب الحقيقي هو الذي يحيك من جديد ويمحي ذلك الحب الذي طال لسنوات حتى لو كان ذلك الحب أتى في أقل الأوقات

وحب السنين ذاب مثل قطعة الجليد أمام الحب الحقيقي الذي كان أتى فى أيام، وأنا عرفت اختلافي لم يكن عيبًا بل كان ميزةً عن باقي الناس، وعرفت أني من البداية مختلف أنا ملك وكانت مملكتي في انتظاري لأحررها وأتيت وعادت إركالا كما كانت فى سلام ووجدت حبي الحقيقي لم يطل لسنين بل ثلاثة أيام، الحب هو الروح لروح ليس بشكل ولا الوقت من القلب إلى القلب.

وبعد عامين :

إركالا كانت تعيش فى سلام وأصلحت كل الدمار وعادت المدينة كما كانت من قبل وأفضل وكان أحمد يقف فى أعلى القصر في شرفة القصر ينظر على المدينة، حتى تتقدم له الأميرة الصغيرة وتركض إلى أحمد وتقول :

_بابا وكانت تركض خلفها شمس وتقول :

_قمر، استني ثم يحتضنها أحمد ويقول :

_قلب بابا ثم يحملها على ذراعه ويقول:

_تصدقي إركالا لسه ملعونة

انتفضت شمس وسألته :

_أنت بتقول ايه بجد!

ثم بدأ يهمس لها :

_اه مش أنا اكتشفت أن شمس وقمر فى قصري فى نفس الوقت ثم ضربته على كتفه وضحكوا وأخذهما في أحضانه هي وقمر.

وفى اليوم التالى :

يقف أحمد مع مرجان ونور وخالد ويقول:

_أنا أجلت الموضوع ده السنين دي عشان كانت شمس حامل ورجعت أجلت عشان قمر لكن أنا لازم أرجع، هغيب عن المدينة يومين وفي اليوم الثالث هرجع، مرجان قمر وشمس في أمنتك لما أرجع أنا واثق أن كل حاجة هتكون تحت السيطرة أنا سايب هنا أبطال واحتضنهم الثلاثة، وخلع ملابس الملك وارتدى ملابسه ثم يجد والدته وزوجته وطفلته ينتظرونه في شرفة القصر لتوديعه وبدأ يودع أمه ويقبل يدها ويقول:

_مش هتأخر، ثم تدعو له أن يعود به ربه بخير .

ثم ذهب إلى زوجته واحتضنها وهي تبكي وبدأ في مسح دموعها:

_هرجع عشان النظرة دى مقدرش استغنى عنها ثم قبل رأسها وذهب إلى طفلته كانت الخادمة تحملها ثم حملها وقبَّلها وأعطاها إياها ونظر لهم جميعًا، ثم بدأ يمتطي حصانه وركب الحصان للذهاب ونظر لهم وهم يقفون في شرفات القصر ويلوحون له وهو كذلك ويذهب مسرعًا ويقول:

_راجع لك يا كمال، ويسرع حتى وصل إلى الكهف الذي يوجد بداخله النفق كان عليه النقوش التي فعلها عندما أتى ثم وجد صخرة كبيرة وعندما حركه بكل قوته فتح النفق، ثم نظر إلى المدينة وقال:

_هرجع تاني في أسرع وقت، وبدأ يتقدم للدخول وقبل دخوله يسقط على الأرض من الألم الشديد ولا يتحمل الألم حتى ذهب الألم لكن يقفل النفق لكن لم يدخل وامتطى حصانه وتوجَّه إلى القصر وعند وصوله سمع صراخ في القصر ركض إلى أعلى حتى وجدهم يقفون كلهم وتصرخ شمس وتركض على أحمد وتقول :

_بنتنا يا أحمد رجع لى قمر بنتي، ثم تأخذها والدته وتقول :

اهدي يا بنتي تعالي.

ويقف أحمد فى أعلى القصر ينظر إلى "أرض المنفى" ويقف مرجان وخالد ونور، يقول مرجان:

_مولاي سامحني أنا معرفش حصل ازاي الطفلة اختفت أكيد حد من الأعداء، لكن هنرجعها.

ثم يتقدم له نور ويسلمه السيف ثم يقول:

_مين ممكن يقدر يخطف الأميرة

ثم يقول خالد :

_لو هو مين هنرجعها.

كل هذا ولم ينطق أحمد حرف وينظر إلى "أرض المنفى " ثم يفتح السيف بقوة ويقول :

_ إنها ما زالت على قيد الحياة.

...تمت بحمد الله.....

خواطر

سأله:

"ما الفرق بين الحب الأول والحب الحقيقي؟"

فأجاب:

هو أول إحساسك بدقات قلبك، ما يشعرك بلذة الحياة، لكن له نهاية لهذا سُمي الحب الأول يكن أول كل شيء، يشعرك بالحب لأول مرة ويشعرك بفراقه الذي يمزق الروح ويقتلنا أحياء لأول مرة، ويكون إحدى الطرفين يقف عند لحظة الفرق وكأن توقف الزمان، حتى يأتيك الحب الحقيقي يعيد إليك الحياة مرة أخرى وتعلم وقتها أن لم يكن "الحب" بطول المدة وإنما بجمال المواقف حتى لو كانت لحظات..

أتدري ما أصعب شعور فى الحب؟ الغدر هو أكثر شعور مؤلم يمكن أن يشعر به الإنسان، يعني أن يكون الإنسان يخشى الأذى إلى شخص ما، وفجأة هو من يؤذيه، وقتها يجد نفسه لا يقدر على الكلام ولا يقدر أن يفعل شيء غير أنه يبتعد عن العالم ويفضل وحده.

إذا تركك شخص قريبًا من قلبك لا تحزن، فمن ذهب خان ومن بقيَ صان، الحب لمن وعد وبقى..

إذا غاب فلم يحب ومن يحب لا يغيب لا ذنب للنصيب.